散文无界
+

深喜

曾建梅 著

山西出版传媒集团 北岳文艺出版社

·太原·

图书在版编目（CIP）数据

深喜 / 曾建梅著 . — 太原：北岳文艺出版社，2021.1

ISBN 978-7-5378-6286-8

Ⅰ . ①深… Ⅱ . ①曾… Ⅲ . ①散文集－中国－当代 Ⅳ . ① I267

中国版本图书馆 CIP 数据核字（2020）第 173041 号

深　喜
曾建梅◎著

著者
曾建梅

策划
王朝军

责任编辑
王朝军

出版发行：山西出版传媒集团·北岳文艺出版社
地址：山西省太原市并州南路 57 号　邮编：030012
电话：0351-5628696（发行部）　0351-5628688（总编室）
传真：0351-5628680
网址：http://www.bywy.com　E－mail：bywycbs@163.com
印刷装订：山西人民印刷有限责任公司

开本：890mm×1240mm　　1/32
字数：151 千字
印张：7.25
版次：2021 年 1 月第 1 版
印次：2021 年 1 月山西第 1 次印刷
书号：ISBN 978-7-5378-6286-8
定价：38.00 元

本书版权为本社独家所有，未经本社同意不得转载、摘编或复制

深喜(代序)

从两年前某个夏日的清晨开始,我如获神启一般突然习惯了早起。

五点多就被窗外透进来的阳光叫醒了,再也睡不着。此前也有早醒的时候,但我总是不甘心浪费清晨的睡眠时光,半梦半醒之间也要在床上翻腾,直到上班前的半小时。那天早上我却放弃了挣扎,一下子翻身起来,简单洗漱一下,出了门。

这个地方我已经住了十来年,却从没有见过它早上五点半的样子。

我居住的是一个非常老旧的小区,没有电梯。从五号楼的楼梯口出来,挤挤挨挨的旧楼之间空出一小块地,有人在空地中央用红砖块围出了一个花圃,那是住在这里的老居民们自行搭建的,里面种满了他们不知从哪里顺手牵羊薅回来的花花草草,都是一些不怎么名贵的品种:万年青、金边兰、茉莉、绿萝以及叶片肥大的野山芋。得益于南方多雨的天气，它们只要有一点泥土一点阳光，根本不用人侍弄也能长得高高兴兴的。我每天上班下班经过这里，却从来没有留心过。那天早晨瞥了一眼，才发现那乱蓬蓬的绿色中间还高高地站立着一杆木瓜和一株龙眼。直愣愣的木瓜树，顶上有几枚叶片招摇着，叶子下面，竟结着五六个硬邦邦的果实。龙眼树不大，但也是有收成的，因为我曾经看见老头老太太搭个木架子在树下摘龙眼，热闹得很。

这小区是二十世纪九十年代建的区政府宿舍楼，砖混结构，水电管道也都裸露在外，墙面的白灰都有些脱落了。周边高高耸立的闪着光的高档住宅和商业大厦已经快把这里包围了。这里是繁华都市中的低洼之地，是被遗忘在时间之外的隐秘角落。

它太老了，连物业也没有，大门也残存半片。但是因为临近学区，很多房屋租给一些陪读的家庭，一到暑假，许多房子都空了出来。

我们隔壁和楼下都是陪读家庭，暑假里两个月没有人住，防盗门上贴着自来水公司的欠费通知单；楼下一家的阳台上摆满的绿植也因缺水干枯了，只剩下几个空花盆摆在阳台，盆里的泥土被晒得焦干开裂。不过我清楚地知道暑假一过，孩子们就会回来了，楼下的阳台上将又盛开金边兰和铜钱草，夜晚的时候也会传出孩子练琴的噪音，或者母亲打骂孩子的哭声吵闹声。

除此以外，也有租给附近的上班族的，有好几次看见陌生的年轻男女从一个门里陆续出来,他们好像是某个公司的业务员,共同租住在这里。经常有送外卖的拎着餐盒咚咚地跑上来,敲错门又咚咚咚地跑下去。他们常常把一大堆吃完的饭盒放在门口,几天也没有丢弃,也有人不愿走下楼,直接把垃圾从楼上往下扔,一些垃圾随风飞舞,最后飘落在这花圃中。偶尔有个热心的老太太会清理一下。

这里更像一个荒地。

猫儿们喜欢这个地方。

有个老头每天下午六点多用一次性饭盒端了剩饭剩菜下楼喂猫,这个时候猫儿们从看不见的角落里冒出来,一只、两只、三只、四只,越来越多,大大小小的。老头"哔嘶哔嘶"地唤着,它们就跑出来,头顶着头拼命地吃。老头站在旁边看着,甚至有一两次暴雨倾盆,他也撑着把伞站在旁边看着猫儿们吃,一动不动。

小区出去,外围还有一片当地人自建的矮房,住的都是不愿搬走的老福州。一两间的小平房,不规则地挤在一起,有的年久失修,已经被贴上了封条。有的经过翻新,但是却没有排水通道,于是洗衣机里的水就直接从路面排出来,路过的时候要踮起脚尖。

早上五六点从这些平房经过,能闻到白粥的米香味儿从哪一家飘出来。隔着窗户能看到他们餐桌上镂空的塑料盖子下面一碟一碟的小菜,不用看也知道那是些什么菜,捞砚子、拌空心菜、生菜、炸花生米,或者肉松。这是福州人早餐最常见的配稀饭的菜式。年轻人估计是吃不习惯的,他们早餐就匆匆在路上买包子或者汉堡，边走边吃，只有老人，每天慢吞吞地起来熬白粥，然后坐在桌前慢慢吃。

穿过这些七拐八拐的平房，才真正出了小区，眼前开阔起来，一条三岔道，一头是立新路、万春巷，另一头是仓山小学、公园路。主干那一头，是麦园路。有人查史志说，这里曾经是一片麦田，但老福州也讲不出麦田是什么样子。我尤其喜欢这个名字，它让人产生一些美妙的想象，好像我仍然走在金色的麦地里。

这样的清晨，路上还没有什么车。有微风吹在脸上，凉悠悠的，感觉人生还有大把的时间可以从容度过。"从容"是一种多么稀缺的感觉，我已经太久没有感受到了。所有人都在拼命往前赶，每一步都被人推搡着往前走，恐慌、焦灼、不由自主，只有在这凌晨五点半的街头，我好像才属于自己。

于是沿着麦园路走到爱国路去，去看看翻修后的美领馆旧址，看看对面老墙上钻出来的小花小草。再沿着旁边下行的石阶往闽江边走，从师大老校区绕一圈回来，大概需要一个小时，这样就会在回来的时候经过程埔头的菜市场，我便可以走进去，带一把青菜回家。

七点多，主妇们都已经出门了。菜贩们会在这个时候卖力地吆喝，这是他们一天当中最兴奋的时刻。水产区的鱼虾，又新鲜又便宜，漂亮的九节虾、大个头的连江鲍鱼、裹满了黄泥的蛏子，还有用稻草绑住大钳子的三眼蟹和贵得令人心疼的红鲟，都还是活的，张牙舞爪，动来动去。穿着雨靴的摊主就抓着大虾或者螃蟹用福州话大声喊着，来呀来呀，便宜卖了啊……早市让人感到生活无比富足和真实，现实的喧闹可以把那些不着边际的担忧和烦恼挤出脑袋。我常常这样来点那样来点，一不留神就会买太多，费老大劲儿才拎回家，两只手被塑料袋勒出深深的印痕，但是下一次经过菜场，又忍不住冲进去重蹈覆辙，胡乱买一堆。

如果不走菜市这条路呢，从北边，沿着观井路往江边，下一个长长的斜坡，就是江滨大道。从江滨大道的护栏往下，可以临近闽江的江堤。清早的闽江，像一个少女刚刚醒来眨巴眼睛一般动人。我常常走着走着就停下来，掏出手机对着江面上静止的小船拍，对着沙洲上细脚零丁的白鹭拍，对着江面一层一层金黄的波纹拍，但常常拍完看看又一张一张删掉，因为怎么看也不如实景来得漂亮。就这样走走停停，解放大桥过了，再往前一点，二桥走过了，那不如就再往前吧，就走到花海公园，可以看看新开的向日葵或者硫华菊。沿着花海不停地往前走，有时候竟然忘记了时间，直到手机里的闹钟响起来，提醒自己赶紧往回。

路边找一辆共享单车，骑上去拼命往回蹬。早上的风还没有暑气，但回到家已经出了一身汗。当我大汗淋漓地爬上楼，出现在家门口时，先生和儿子才迷迷糊糊地从床上爬起来，匆忙地吃完早餐去上班上学，而我已经度过了一天中最充实的时光。

从两年前的那个早晨开始，我越来越迷恋清晨的散步，也越来越喜欢独行。这是难得的真正沉静下来的时刻。

生活总是急促而身不由己的时候多。当我刚刚搬进来的时候,我常常厌弃自己的生活,为什么只有我步履跟跄?我总以为生活不该是这样的,那是怎么样的呢?像《伤逝》当中涓生的想象,一切都应该是整齐的,光滑的,鲜亮的。我不接受我的人生总是跟残缺破旧、肮脏停滞的生命联系在一起,我不能忍受,常常充满怨怼,对身边的人也总是怀有怒气,仿佛是他们造成了这一切。直到开始清晨的散步,我好像看到了同一个世界的另一副面貌。

这多出来的清晨散步时间真是奢侈啊。仿佛全世界还未醒,那么安静,那么自由。在这一小时行走的时间里,我的脑子才真正活了过来。它开始想一些平时不太会去想的问题。一些过去的人、过去的事,就是在这个时候冒出来。

父亲,母亲,幼小的我。

大学未上,逃到城市打工的我;

在成都的出租屋里和室友们一起煮方便面的我;

住在垃圾处理厂对面,常常半夜被铲车的声音吵醒的我;

写了稚气的文字,偷偷跑去杂志社投稿的我;

还有——多年以后流浪到福州的现在的我……

许多的记忆都在散步的时候复活了。我开始想着把这些记下来。这样的人生有什么特别之处吗?我想并没有,只是万千挣扎着的生命中微不足道的一个。我后来所遇见的形形色色的人,听他们诉说共同时代的生存经历,有很多曲折、惨烈、深刻的程度远非我想象。生命真是奇妙,同样的肉身,同样的为人的几十年,将要遭遇什么,谁也不知道,但每一个生命走过的痕迹又是如此的独特,不可复制。每个人都是一个宇宙，即便渺小卑微如那荒地里争食的野猫和无人浇灌的绿植。

那个我平时未曾留意的小区空地的花圃，在某个夜晚回家路过的时候，我发现在杂乱的枝叶中间竟然盛开着两朵昙花，雪白的、亮眼的两朵，像暗夜中的灯放出光亮。那是我第一次见到昙花——艳丽，又神秘。我不知道该如何表达当下的惊喜，觉得这是意外得到的赏赐。我从来不曾给这株昙花投注过哪怕一次期待，更不要说去为它浇水施肥，但是它的最美的绽放时刻却被我碰上了。我像捡到天大的便宜，一直呆呆地仰望这两朵完美的花朵，又叫来孩子一起看，又叫来先生一起看，仿佛能看出它突然绽放的天机。又叫儿子拿来凳子，踩上去用手机拍了好多重复的照片。路过的邻居也被我们的行为迷惑了，停下来一起看，也像我一样咚咚咚地冲回家中找出单反相机，还牵着小女儿一起来看，嘴里喃喃道："昙花，昙花！"这个平时沉默寡言甚至有点阴郁的中年男人，此刻也显出一点令人亲切的人味儿来，虽然从那以后在楼道里碰上，仍然只是低头走过，没有打过一声招呼。

我不知道我会在这个老旧的小区里住多久，我仍然每天早起去散步，只是心情更趋于平静。

暑假快要结束的时候，我下楼听到碎玻璃跟地面摩擦的声音，那是住在这里的一个依姆带着孙女搬回来了，她正在用一把很破旧的扫把清扫垃圾桶边不知道谁撒掉的碎玻璃。见我出门散步，她停下来对我微笑，用她充满了地瓜腔的普通话和我打着招呼。复课的孩子们也要回来了，和着追逐打闹声、不够熟练的琴声、父母的责骂声一起回来。

这是我无法逃离的世界,正如我无法逃离的生活本身。它并没有因我心境的变化而变得更加安静、闪亮一点。它仍然充满着不安、烦躁、残缺与邋遢,仍然无法让人深爱或是享受,但是在完成了清晨两小时短暂的出走与放飞之后,再回到这当下的生活,我在偶尔的沮丧和厌弃之余却也看出些日常的庄严与静美。

我尝试把这些琐碎的感受记录下来,欣喜的、顿悟的、愁闷的、游疑的、难言的时刻,我都在散步的途中一一梳理。于是有了这一本小小的集子。我也不知道人生海海之中,这些微不足道的小悲喜对于看书的人来说能有什么价值。不,别说价值,这是个太大的词,能有一丁点共同的感受触动彼此,我觉得就是幸运了。我们在文字里交换生活,交换各自微渺的幸福与期待,这小小的世间就会多一分陪伴和慰藉。当我把这些细小的、平淡的感受说出来,便像完成了一次精神上的劳作;像捧出一个刚烤好的蛋糕或者一壶刚刚煮好的白茶,三两个精神上的自己一起来品尝;就像散步时,我虽然只有自己,却无比自由、充实而满足。

目录

辑一　骊歌

……我确确实实体会到了我和母亲的成长,那不是强大,内心怎么强大呢?那是辽阔,像风吹过的草原,像吹过草原的风。

星　夜 / 3

骊　歌 / 13

时　光 / 25

风　烛 / 34

红　儿 / 51

种花人 / 60

和罗南一起散步 / 68

辑二 花事

……想着我不短的前半生总是受困于世间这些微小的美好事物,生命像发光的鳞片,从指尖流逝,而时间,这条看不见的细线总是牵引我,不断地误入歧途。

花　事 / 77

有一条溪叫作"磨溪" / 81

古　渡 / 85

流水之上的村庄 / 91

冶　山 / 98

一树金黄 / 105

骑龙坳 / 110

心有牧场 / 114

在岛上 / 120

冬日的海 / 122

清晨的闽江 / 124

辑三　暖光

……在那些辛苦跋涉的间隙,在那些孤独困惑的时刻,走进的不是一间有着温暖灯光的书店,而是一间喧闹与昏暗的小酒馆,人生又会是什么样子。

暖　光 / 131

雨花石 / 135

千　寻 / 140

路边野餐 / 144

永远的沈从文 / 151

山居二题 / 157

不老少年 / 164

怀念沈丹昆先生 / 169

辑四　舌尖

……我相信那晚啤酒的确是甜的，后来在任何地方再也没有喝到过了。

舌尖上的相思 / 175

长乐杠面 / 179

碧玉卷 / 184

街边烤馕 / 188

温和的线面 / 192

婆婆妈妈 / 198

头疼的年夜饭 / 203

汤圆说 / 207

辑一　骊歌

……我确确实实体会到了我和母亲的成长,那不是强大,内心怎么强大呢?那是辽阔,像风吹过的草原,像吹过草原的风。

星　夜

1

小姨说，你出生时就这么点儿大。她伸出两只手的食指在胸前一比，像只兔儿一样。我们都以为养不活呢，准备用竹篓子提出去丢了……她不止一次这样说，想提醒我活下来的侥幸，却从来没有顾及我听到这话时眼睛里的恐惧——一个生命险些被遗弃的恐惧，仿佛觉得那是再普通不过的一件事。

的确，在她们成长的年代，一个生命的逝去似乎并不是那么惊天动地的事，尤其一家可以生养十来个孩子的时候。你常常可以在父母一辈的姐妹兄弟排序当中发现缺了一个甚至两个。母亲排行老三，舅舅是老大，二姨很小的时候就没了，可能是饿死的，也可能是生病死的，总之那个年代，有小孩子养不大似乎很正常。我甚至听到更恐怖的描绘是，村子里的某个奶奶年轻时候生了十几个孩子,到后来生小孩儿就跟上趟厕所一般轻松,自己拿把剪刀就可以接生了。这听起来好像原始社会的生育场景离我们也不过几十年。

侥幸的是,那个兔儿一般弱小的生命最终活了下来,另一个看似强大的生命却在突如其来的事故中消失了。消失的是我的父亲。

2

如同板结的大地裂开一丝丝的缝隙,七十年代末,八十年代初的川南小城,零零星星地已经出现了一些手艺人,他们在生产队种地、挣工分这些固定选项以外找到了另一条"活路"。父亲就是其中较早走出去的手艺人。作为建筑队的一员,他参与了县瓷砖厂的创建。母亲后来描述他的离去说是被厂里的轧砖机倒下来轧死了。彼时太小,觉得这是一个理所当然要接受的既定事实,就跟说今天下雨或者出太阳一样平静,从来没有追问过我至亲的人,到底是在什么样的情形之下,突发的意外就这么离去了。我从来没有细想过"轧砖机"是什么庞大危险的机器,为什么倒下来就会要了一个人的命。那个二十几岁的男人最后离去的时候是怎么样的?他经历了怎么样的痛苦和绝望?我不知道,我毫无概念。我只在表姐的回忆里看见那个幼小的我,以及同样弱小却不得不硬撑的母亲。

为了抚恤家属,瓷砖厂解决了母亲的工作,让她到砖厂里做一份杂工。母亲带着我住到外公外婆家。她每天早起赶着上班,一去就是一天,遇到加班,回来时天已经黑尽了,没办法喂奶,我在家里只能喝米汤。表姐说,有一次看你实在饿慌了想吃奶,一直哭,一直哭,我就用背袋背着你去瓷砖厂找你妈妈,想让她给你喂一口奶。走到厂里,看她跟一群灰头土脸的男人一起在和灰,身上、脸上,全都是泥灰……

表姐比我大十来岁,我想象十一二岁的她背着一个哇哇哭的孩子走在田埂上,走在乡间泥土路上,走在村口的马路上。小小的人啊,一直走到县城,一路的无奈和焦灼,以及走到瓷砖厂时那种绝望与心疼。我却感受不到我,我好像没有存在过。我太小,就像一个物件,我还感受不到那种失去、那种悲伤,我还没有知觉,也没有记忆。这一切表姐帮我感受了,以至于我每次跟她之间产生龃龉、对她心生厌憎的时候,就想起她小小的身板,背上曾经背着我走了遥远的路。她和当年的弱小的我曾经那么亲近过,我们有着四分之一的血缘。血缘这东西,越长大越稀释,最后变成水,可是那个背着我的童年的表姐和趴在她背上一直哭的婴儿经常出现在我记忆里。

3

我在表姐家长到三四岁,是他们家最小的孩子。

舅舅那时候在玻璃厂上班。有一次他带着我去他工作的厂里捡玻璃弹珠。从舅舅家到厂区大概要走四十分钟,彼时没有公交车,我们走土路,要翻过一座小山坡,再穿过狭窄的田埂。回来的时候,他看我走得累了,两只手把我举起来,骑到他的脖子上。小小的人儿第一次被这样架在半空,害怕极了,用两只手紧抱住他的额头,勒得他眼睛都看不见路。什么时候回到家里,我已经完全忘记了。只记得那个天快要黑下来的傍晚,我骑在舅舅的脖子上,紧张得心跟着他的脚步一颠一颠。四围是黑漆漆的田野乡间,一大一小两个人就这么一直走,像一个片段一个梦境一般,生命中难得的一个男性的长辈给予过的温暖印在我的脑海里。

后来他老了,来福州帮表姐照看孩子。他不太会讲普通话,我们都出门上班的时候,剩他一个人在家,不知道该干啥。

有一天,他买菜回来,兴奋地跟表姐说,红儿,我看见那小河边有人在钓鱼。说话的时候,像小孩子一般,有点讨好,小心翼翼的。

他在老家唯一的休闲就是到河沟里钓鱼。这一点他和外公很像。外公没事也去小河沟钓鱼。大多数时候他们钓上来的是两三指宽的野生小鱼。实在太小了,舅妈放在灶台上炕熟了扔给猫吃。偶尔能钓到一条肥硕一点的花鲢,或者白鲢,舅妈就切很多的青红辣椒下锅一起煎。那是全家人都充满期待的晚上。有一次外公还钓到一条鲶鱼,有两根长长的胡子,他兴奋得很,提回院子里,叫一家子人赶紧出来看,叫邻居也来看。

舅舅也爱钓鱼。高兴了去钓鱼,不高兴了也去。他就一个人一动不动坐在那条河沟边上,可以静静地坐一天。中午如果我们不给他送饭,他就吃两个冷馒头,继续坐到下午。

但他来到城市里,找不到可以钓鱼的地方。他偶然看到晋安河边有人支起鱼竿,好像回到了家乡的小河沟一般欣喜。他满心期待着表姐可以帮他弄到一根鱼竿,像个孩子乞求玩具一般。但是表姐忙着应付店里的事情,哪有心思去顾及一个老人的闲暇爱好呢。

我说周末休息的时候我陪你去左海公园吧,那里有专门卖鱼竿的渔具市场。于是周末他很早就起床洗漱好了,坐在客厅等我。我们像小时候他带我去他的玻璃厂玩一样,只不过这次换我处处照顾他。我带着他买票,坐公交车,从城市最北边的茶园小区,换了两路车,到达城市西南边的左海公园。下了车,我把手插进他的臂弯,厚重的棉服让人感觉到一种踏实和温暖。那一瞬间他有一点羞涩不自在,似乎好久没有跟晚辈如此亲近了。他那时候头发也白了,在车水马龙的城市里,战战兢兢,完全分不清方向。我挽着他穿过车流和胡乱骑行的电动车人群,找到那个专卖渔具的市场。我陪着他一家一家地逛,一家一家地选,那些看起来粗细不一、功能齐全的鱼竿鱼线甚至人工的鱼饵原来有这么多讲究。我们最后选了一套看起来很高级但并不太贵的渔具,但是比起他从前自己制作的竹条,显然是先进多了。他高兴极了,仿佛获得一个了不起的礼物,一路上感激地笑着。一直说,太贵了,太贵了。不知道为什么,我看着他的那样的笑,却有点心酸。我要拼命回忆,才能想得起来他年轻时候的样子:浓眉大眼的国字脸,吃饭的时候呼噜呼噜往嘴里扒,就着一碟酱豆腐能干掉一整碗干饭……

4

到现在家人们聚会时他们还常常说起我小时候的糗事。说我一到吃饭的时候，就打瞌睡。尤其到晚饭的时候，我吃着吃着就睡着了。大人们碗筷都收拾了，我才醒，醒来嘴里还含着一口饭。有一次正吃着饭，"砰"的一声，打瞌睡的我从高高的长条凳上摔了下去，头上肿了好大一个包。可是我怎么不记得小时候有这毛病呢。

我只记得外公家那间宽大的灶火间里，舅妈在大柴灶里做饭，我常常守在锅边看她忙碌。农村煮米饭用大柴灶，她忙不过来的时候我就坐在灶前帮她看着火。我看她把米汤沥出来以后，先在锅底码一层地瓜，再把半熟的米放下去，加一点点水，小火焖。直到闻到地瓜的焦香，饭就大概熟了。舅妈把一大锅米饭铲到盆子里，剩下粘在锅底的一圈锅巴。她费力地用锅铲把糊在锅底的一层抠起来，用手捏成一个圆圆的饭团递给我。那和着烤干的地瓜和米饭的锅巴团，又糯又香。啃饭团的时候，有一条斜斜的光柱从屋顶青瓦片的缝隙中射下来，无数的尘埃颗粒在光柱里旋转飞舞着。我忘记了啃饭团，呆呆地盯着跳舞的尘埃看，有一种奇妙的感觉在心里生起，那是我对这个世界最初的好奇。

多年以后，表姐在福州开店，舅舅舅妈到表姐家帮忙照顾孩子、煮饭，在我刚到福州时又和他们一家子住在了一起。常常我加班赶不上回来吃饭的时候，舅妈就从锅里给我盛一小碟菜盖起来放一边。表姐说，你舅妈对你比对我好。舅妈就在一旁骂她，没良心的。

有一年我阑尾炎发作，半夜住进医院，手术后人瘦到只有七十几斤。出院后，伤口还没有完全痊愈，不能沾水。舅妈就用毛巾帮我擦洗身子。她看到我瘦削单薄的后背，心疼地说，哎哟，你身子这么瘦，咋得行哟？我背对着她，想象着她说这话时眉头紧蹙的样子，眼睛里酸酸的。

就像小时候小姨说"你这么小，怎么养得活"一样。

从小到大，因为身体的弱小，因为父亲的早逝，我成为外公家族中一个小小的尾巴，是家里所有人照顾的对象。

那么小的个子，身边人时常这样说，那么小。我后来尝试站在他人的角度审视自己，是啊，那么小。

5

我十岁生日的时候，表姐进入舅舅所在的玻璃厂当了工人，开始挣钱了。她特别豪气地问我要什么生日礼物。我想了很多天，跟她说我想要一顶遮阳帽，电影里漂亮女士戴的，有宽大的帽檐的那种。十岁的小屁孩儿，在乡下哪里会有机会戴这样夸张的帽子呢？可是，表姐懂得，她懂得小女生一种完全不切实际的虚荣和对美的向往。她说好，我买给你。于是那一年生日，她真的送给我一顶有宽大帽檐的藤编的遮阳帽，帽子上有一个丝带编织的蝴蝶结。那顶帽子一直挂在我床边支撑蚊帐的竹竿上，我从来没有机会戴它，即使到了夏天，我也不曾鼓起勇气戴着去学校，因为畏惧同学们异样的眼光。但是每天一回到家，我看到它明艳艳地挂在那里，就觉得真是一个好礼物，我总要围着看好久，取下来，对着镜子戴上一遍，又满心欢喜地挂上去。

我还记得生日那天，好朋友来家里玩。表姐斜躺在我家残旧的椅子上，一边播着时髦的随身听，一边哼着歌。她穿一条红色绵绸的大摆裙，脚上是一双夹脚拖鞋，两个硕大的银圈耳环一闪一闪反着光。她涂着艳丽的口红，涂指甲油，脚上也涂。她歪在那椅子里哼歌，我和好朋友风风火火地跑进来，竟然一下子看得怔住了。我们从背后悄悄地看她，就像在后台偷窥一个明星。

她的确有过明星梦的。在我们生活的小城，她出众的美貌和张扬不羁的性格足以让她成为天生的明星，也成为众人的话题。

在街上，一个年轻的男人骑自行车经过，打个呼哨，她就嘻嘻哈哈跳上后座。自行车带着她飞快地远去，扬起长长的裙摆和高跟鞋。我和舅妈被她甩在身后。舅妈骂一句，疯婆子！你不准跟她学！我乖乖地点头，但我心里很是羡慕和佩服。

多年以后，她从福建打工回到家乡，戴着夸张的假发，穿着厚底松糕鞋，手上夹着香烟，出现在一众亲戚的面前，众人都感到惊异又尴尬。尤其是舅妈，那么多年没见，一看她这样，就开始骂她，打扮成这个鬼样子，人家怎么看你！是啊，"人家怎么看你！"这句话像一个魔咒，套在我们每个人身上。表姐看似从不遮掩自己的时髦与出格，她习惯了在众人惊异的眼光中行走，有时甚至特意去维持一个"特立独行"的形象。她回到家乡装作赚了很多钱的样子，与朋友们酒桌上抢着买单。看见儿时的好朋友生活困难,顺手就把手上的金戒指撸下来送了人……舅妈总是一边骂她不长心,一边偷偷地用辛苦攒下的钱帮衬她。

我们都是这么在左右摇摆中长大的,不是吗?

6

在那些没有空调没有风扇的夏夜里,大人们从井里提水,一桶一桶地泼到院子的水泥地上。原本滚烫的地面像被烧着了似的,发出滋滋的声响,冒起阵阵青烟。要浇过好几遍之后,地上蒸人的暑气才会退去。这时候我们都坐在院子里乘凉。大人们摇着扇子摆龙门阵,我听着听着就困了,有时候躺在门口的洗衣板上一睡就睡到十点,冰凉的夜风吹得身上汗毛竖起来,大人才把我抱进屋子。我总记得那时候的夏夜星星特别大,特别亮,我好像就睡在星空里。

在我迷迷糊糊打瞌睡的时候,舅舅会突然伸手在我耳朵后面一抓,说,你看,我帮你抓着一个星星!我被吓了一跳,瞌睡一下就醒了,开心地以为真有星星被舅舅捏在手里,呆呆地望着他张开手掌……我那时候多容易相信啊。如今舅舅满头白发,舅妈前几年患癌症去世了,红儿姐姐也从叛逆少女变成家庭主妇。她结了婚,又离了婚,又结了婚,过得如同你我身边所能见到的所有中年妇女一样,纹了浓浓的眉毛和黑黑的眼线,偶尔涂上口红戴上墨镜还是很时髦的样子。但大多时候她就穿着睡衣出现在菜市场,和一帮依姆一起翻拣青菜,说话永远高声大气,沙哑的嗓音裹上了浓重的福州腔,甚至连说话时扬起的手势也变得很像福州人……我也不知道在哪个瞬间就长成了大人。许久没有看过故乡的星空了，偶尔想念那些睡在门口洗衣板上的日子，再也不信会有星星落在头顶。

骊　歌

1

对我来说，父亲是透明的，只存在于母亲的诉说中。

母亲说，有一天她在厨房里做饭，感觉堂屋有人走进来，她追出来看，没影了。她一直重复地说起这件事，说那个人影好像你父亲。然后我们都沉默，因为我们都知道父亲早就不在了，他离开我们已经十年了。于是她想一想又说，是啊，他走了十年了，怎么可能是他，也许是挂在堂屋椅子上的一件衣裳，被风吹起来。我看错了。

那年我十岁。父亲也走了十年。我还不知道如何安慰一个思念成疾的女人——我的母亲，我还不能理解她的孤独。甚至听她讲起一个逝去的亲人，我有些害怕，以为真有父亲的灵魂出现在我们的生命中。少年人对于灵魂这些事情尚不明白，只有恐惧。

父亲到底长什么样呢？家里没有一张他的照片。只是母亲看着我小时候一口乱七八糟的门牙，说，你呀，跟你死去的老爸一个模样。于是我偷偷对着镜子，想象着一个跟我长得很像的中年男人的面容。

想不出。

父亲离去时我刚出生十几天，母亲还在月子里。父亲每天下班回来就收拾尿片、衣服，拿个盆子到门前的堰塘里去清洗。母亲说他总是一边洗，一边哼着不成调的歌。洗完后一件一件晾在门口的竹竿上，再伺候我妈吃饭。他好像闲不住，做什么事都兴兴头头的。有时候一进屋就抱起十几天大的我，晃来晃去，跟我妈说，你看，她会跳舞。我妈就笑他，傻得很，"月窝"里的娃儿，哪会跳舞。他不听，仍旧沉浸在自己的想象里傻乐着。这些当然是我妈告诉我的。我靠想象去找回这些画面——母亲头上还包着头巾，月子里的女人是不能吹风的，她半躺在堆满了衣服被褥的床铺上，一脸疲倦又幸福地看着这个男人逗弄怀里的孩子。

我出生在五月，天气炎热，但是按老规矩月子里是不能洗头的，爱清洁又爱美的母亲一定是憋得难受极了。她年轻时留两根又粗又亮的黑辫子，我在老家堂屋墙上的相框里见过。那是一张单人肖像，母亲的脸丰满圆润，两条辫子搭在脸庞边上。那时还没有彩照，是照相师傅用画笔在她脸颊上涂了两朵粉嘟嘟的红云。那张放大的肖像挂在我们客厅的相框里，每次一有邻居走进来就会有人赞叹，曾三姐这张照片真是漂亮。那时候的母亲还是少女样。在这张照片的旁边还有两张小一点儿的,一张是我周岁时穿着花罩衣坐在一架小飞机上,身板儿太小还坐不稳,母亲用一只手在旁边托着;另一张是二妹文文,也是满周岁时照的,坐在一样的飞机模型里,同样的年龄,看起来却比我壮实得多。每次看到这两张照片,母亲就会感叹,你小时候好小一点哦,没吃奶,长不高。

可是奇怪啊,为什么没有母亲和父亲的结婚照呢,还是父亲去世后她有意把照片收起来了?我没有问过她。我们甚至没有好好地聊过我去世的父亲。

对我来说,那就是一件被风吹起的衣服。

直到写下这段话的时候我才体会到,十年,并不长,对一个失去所爱的女人来说,正是伤痛不断反刍的时候。

2

我少小离家,走在村头去往县城的那条小路上——狭窄的土路,两边是盛开的油菜花,明艳艳的,我却没有一点心思去欣赏。那是我辍学去成都打工的路。那个画面太清晰了,两旁的油菜花晃着眼睛。我和母亲走在这小路上,一前一后,母亲说,要是你父亲在,怎么会让你这么小小年纪去打工。她总说"要是你父亲在……"

我直愣愣地看着她哭泣。我要把心变得硬一点,谁都不依靠,才能不自怜。那时候"父亲"这个词让我厌倦,别再提一个从来不存在的人,好吗?不仅不存在,他甚至成为一个女人一生作茧自缚的源头。为此我曾经充满了怨气。

我认为就是因为父亲的缘故,让母亲总沉浸在过往的回忆当中,过不好当下的生活。回忆,多么美好啊,是会挑选的,是不真实的。

就在今天早上,我居然梦见父亲。那件挂在椅子背上的上衣飘起来,在我的梦境里,没有悲伤。

他没有清晰的面容,仿佛只是一团气息向我走近。温和而宁静的气息。我那么清楚地知道就是我早去的父亲——在我自己也快四十岁,母亲已经很少讲起他的时候。他走过来,在我没吃完的早餐上盖上一层纱布。

这代表什么呢?我醒来觉得疑惑,靠在床头一直回想,一种从未有过的温和与安宁充溢在心头。

我此前一直拒绝谈论父亲,但这时候很想说,妈妈,我们来聊聊他吧。

我此时才意识到自己从前的冷漠,以为那是坚强。我此前对父亲的只字不提有没有让母亲心冷?

3

多么令人遗憾的青春。

母亲在家里排行老三,比男孩子还要能干。一家子女儿多,劳动力少,母亲从小被当成男孩子养。等她长大一点了,家里多了一个会干活的嫂嫂。她和嫂子聊天,想着永远干不完的活和永远没有一顿饱饭,就会哭起来。嫂子就安慰她说,你还有盼头,以后找个条件好一点的男人嫁了。不像我,到你们家就是一辈子了。嫂子这样说的时候,空气冰凉。婚姻确实是一个女人重生的机会。母亲拥有过一段好的婚姻。

"你父亲叫何光大。在瓷砖厂做工时被倒下来的轧砖机轧死了。"这是一句固定的关于我父亲去世的完整描述。他二十几岁,新婚不久,娶了两情相悦的妻子,正像一头小牛一般卖力地干活养家。刚出生的孩子还在吃奶,还没学会叫爸爸。

那孩子就是我。"轧砖机"是什么样的机器呢?我从小听身边的长辈这样描述我的父亲的离去,却从来没有追问过。是什么样危险的机器,会让一个生命突然消失呢?那么,母亲呢?那一刻母亲是怎样接受和面对这个消息的?我也没有问过。我甚至没有想过。从一出生这个人就不存在,这就是一个既定的事实,像吃饭和睡觉一般平常的无须追问的事实。他们平静地告诉我,我也平静地接受。很多年以后,当我开始去思考的时候,我才在想,那一刻到底是什么发生在我和母亲的身上。

母亲年轻时喜欢看电影,还热衷跳舞。生产队的联欢会上,她表演过《白毛女》里喜儿的唱段:"北风吹……"父亲大概是在一次联欢演出中看到了母亲,她圆润饱满的脸膛上红扑扑的热气多么令人喜欢啊。他为了陪母亲去看露天电影,晚上拿着手电筒走一个多小时的夜路。母亲和母亲的姐妹们一路说笑着,翻山越岭,他在旁边小心地照顾着。他还会盼咐自己的老娘提前把蚕豆拿出来炒熟了,用手绢包起来装进布袋里,剥给母亲和她的姐妹们吃。他们一路走一路吃,"可可可",寂静幽深的乡间小路上,都是他们嗑蚕豆的声音。母亲一口整齐洁白的牙齿,笑起来灿烂极了。相比之下,父亲有些自卑,他那两颗不怎么整齐的门牙被母亲和姐妹们常常拿来取笑。母亲说，那一段时间你父亲几乎每天下工了都要来家里帮忙干活，后来突然有几天没来，我们正奇怪呢，他来了，捂着嘴。问了半天才知道，他去把那两颗长得突出来的门牙给拔了，装了假牙。那时候没有如今这么高超的补牙技术，他是硬生生地把牙齿给拔了重新装。真是笨得要死。母亲再说起来，仍然有一种少女的娇羞和骄傲。

她念念不忘的还有父亲的勤劳和聪明。父亲学的是泥水匠，木工属于无师自通。结婚之前，父亲自己动手打制了一张婚床。为了用上好的木头，他每天下班后步行去十几里外的林场扛木头。我后来去过母亲说的那个林场，从县城坐公交车大概也要半个多小时。我想象着年轻的父亲肩上扛着木头，一步一步往家走，走一会儿停一下，木头从左肩换到右肩。对生活充满希望的人是有劲儿的，他一定没有感觉到累，他一定每一步越走越快活。他把木头扛回来，自己锯自己刨自己磨自己漆，他要做一张最美的婚床。在那张大大的木头床上，还有母亲自己缝制的床帘儿。母亲曾学过缝纫，记得小时候有一张黑白照片挂在堂屋的相框里，照片里是母亲和几个同期学缝纫的年轻的姑娘，中间站着他们的老师，一个高高瘦瘦的、安安静静的中年男人。是的，父亲还给母亲买了一台缝纫机。脚踩的缝纫机，蝴蝶牌。十来岁的我曾经学着母亲的样子，用旧报纸剪裁出一件衣服的形状，放在缝纫机针脚下面踩。那重重的踏板让我想起钢琴。我常常踩的节奏不对，"啪"的一声，针脆生生地断掉，母亲便狠狠地凶我一下，再帮我换一根针，穿好线，给我继续踩。我用力地拨动轮盘，听到皮带与滚轴摩擦发出"呜呜呜"的声音，带动缝纫机嗒嗒嗒地工作，我觉得自己真了不起。那台缝纫机陪伴了我们好多年，从小到大几乎所有的衣服都来自母亲脚踩的缝纫机。

在准备结婚的日子里，父亲带母亲去县城逛百货公司。母亲看中了一匹暗绿的丝绒布，她说要是拿来做成床帘子一定很好看。可是他们带的钱只够扯两身新衣裳。母亲拉着父亲走了。一个星期以后，父亲把那块布买了回来。母亲高兴极了，她咔咔地踩动缝纫机，为他们的婚床做了一套床帘，上面绣了燕子和喜鹊。小姐妹们来家里，看看这看看那，都无不羡慕说，呀，你这家搞得比城里人的房子还漂亮。这些都是小时候母亲经常讲给我听的。我是她唯一的倾听者。可是我那时不耐烦，直到自己也有了一个家，也像燕子筑巢一般为了一个家的点滴去辛苦拼凑的时候，我才知道这里面包含着多少对于未来的期盼与想象。

难怪母亲要不断地回忆父亲，回忆那段完美的时光。连我也禁不住想要回到那个时候，去看一看他们脸上满溢着幸福的神采。这一切真是让人羡慕啊，如果父亲没有发生意外。

4

与父亲相比，继父确实长得不那么体面。他个子不高，大概一米六，嘴有些歪，一只耳朵和一只手掌有一些天生的残疾。为此，我小时候很长一段时间在同学面前感到自卑。同学们总在我的面前喊他的外号，那些外号不外是对他外貌的嘲笑。孩童无知而残忍，我也不例外。我于是很怕在放学路上遇到他。有时候他刚好收工回家，在路上看到我了，我也装作没看见，跟着同学们一阵疯跑。

也不是没有过温馨欢乐的时光。小时候，多大呢，我忘记了，五六岁吧。这个男人，下班一回来，就会从口袋里掏出两包五香瓜子。那是用最为简陋的小塑料袋包装的，上面印着"五香瓜子"几个字。我一袋，二妹一袋。然后我们一边流着口水嗑瓜子，一边被他抱起来，左手抱一个，右手抱一个，"大幺儿""小幺儿"地叫着。

是什么时候开始不再有这样温馨的画面呢？

按外婆的说法大概是生了小妹以后，母亲被计生干部劝着去做了上环避孕。她已经生了三个女儿，不想再生了。但是父亲内心还是希望有个儿子吧。我见过邻居的孩子来家里的时候他眼神闪着的光，他把自己下酒的炒花生一把一把地塞进那个浑身脏兮兮的男孩裤兜里，他甚至把他抱上桌一起吃饭。为此，我们都讨厌那些男孩儿来家里玩。

他其实是有过一个儿子的，但是自己脾气太坏，动不动拳脚相加，在某一个喝了酒沉睡的深夜，妻子带着儿子离开了他。在那个年代，男人打女人的事太常见了。村子里一天不听见几起夫妻之间打架的事，这一天就像还没有过去。

于是，听到哪家传出争吵之声，人们就丢下手里正在忙碌的活计，赶着去看热闹。

多么奇怪的村庄啊。一到傍晚，做农活累了一天的人回到家里，就开始互相埋怨和挑剔。男人开始打女人，便听见女人的叫骂声、哭声，以及迅速围过去的村人的劝架声。我们小孩儿从来都是看热闹，只有这声音是来自自己父亲母亲的时候，才觉得分外的沮丧、心惊与愤怒。

记忆中有太多他们争吵的画面。有时候一起吃着饭，继父手里的碗就朝母亲砸过来了。母亲从不示弱，她带着恨意狠狠地回击，哪怕每次都受伤。为了些什么事呢？我早已记不得。有时候是邻居家的事，两人看法不同，说着说着就会争吵起来，直至大打出手。有时候家里还有客人，两个人也丝毫不避讳。我小时候多希望自己有一种力量，可以在他们争吵的时候让时间停止。我幻想眼前发生的一切是假的，是在看一场电影，我可以像剧中人一样抽刀斩乱麻，一声大喝让一切停止，整个剧情推倒重来。可真实的情况是，我和妹妹们除了哭，除了害怕，什么也做不了。我们呆呆地坐在吃饭的桌子边上，僵硬地流着眼泪，看母亲被打得披头散发，哭着冲出门去。在那些他们争吵扭打的黑夜里，到处是痛苦，到处是绝望。

后来我们三姐妹长大了还在复盘父母之间的恨意到底从何而来。直到现在，我们仍然不堪回首童年岁月，我们不相信一家人可以和和美美，不相信结婚多年还能相爱相亲，不相信没有争吵的婚姻。直到看到先生的父母在那个长满了青梅树和橘子树的乡村里一起劳动一起做饭，到老了还有商有量，有话谈到半夜，我才知道原来婚姻家庭还可以是这样充满暖意。

母亲一辈子所受的这些苦、所有的孤单，似乎都在稀释他和父亲之间如蜜的那两年。因此，她总忍不住不断反刍，靠着吮吸那两年的幸福和甜蜜，她才觉得人生稍微过得去一点。

很难说我早早地离家是不是一种逃离。

而母亲无处可逃。在我离开母亲去成都的那些日子，她和继父是怎么相处的，我不知道，只是非常害怕突然接到来自老家人的电话。

有一次，母亲跟邻居家的一个姐姐出现在我上班的地方。直觉告诉我，一定是又发生什么不好的事情。我不在她身边的那些年里，她其实经历了很多痛苦的时刻，我并不知道，两个妹妹帮我面对这一切。那一次，她突然出现在成都，说不想待在家里了，想在成都找个事情做，做卫生工、保姆都好。我束手无策。要知道，我那些年在成都的日子也过得居无定所。那时候的我不到二十岁，身边都是同样的年轻人，并不觉得自己有多苦。但是母亲的到来，让我不知道如何安排了。我也无法想象没有她在家里，两个妹妹该怎么生活。她在我的出租屋里住了几天以后，我还是劝她回去了。

就是这样，母亲逃离这段不幸婚姻的出口被身边人一次次地堵死，直到我们都大了，直到他们都老了。

5

有一天在镜前，我撩起刘海，想拔掉突然冒出来的几根白头发。母亲一脸惊慌地跑过来，你都有白头发啦？大概比自己的衰老更难以接受的是看到孩子的衰老。我心也一惊，我们家不是都少年白吗？没事的。母亲却好像很悲哀的样子，是哦,你也快四十了。他都走了四十年了,在的话,都六十好几了……我已经很久没有听到她这样感叹。镜子里,她站在我身后,眼睛好像在看我,又好像不是。

我说妈,你是不是又想起"他"了?我从未说过"父亲",我总说"他"。

母亲说,想啥子哦想,这么多年了,人家都说不能一直念着,这样他在那边也不安生。

我想起十年前的清明,跟随母亲去扫墓,她一边撕纸钱一边痛哭的样子,我觉得很丢脸,生怕被人看见。现在我愿意陪着她,站在父亲坟前好好燃上一炷香,听她平静地念叨,像和一个多年未见的亲人倾谈。有些情感太过复杂,我从来拒绝诉说,但说不说,他其实都在,在我的血液里。他给予我敏感脆弱,也给予我要强的性格和懂得珍惜,珍惜身边人,也珍惜自己。我们花了这么长的时间才学会好好地告别,而非逃离。

母亲现在有时候和我们一起生活,有时候就一个人待在老家,和姐妹们打打麻将,跳跳广场舞,或者三两个好朋友约着一起去农家乐。继父也一个人生活。同在一个小城里,他们彼此却不相往来。偶尔给他打电话,他会关心一句:你妈现在怎么样,是好的吗?——好的。——你们一家呢,是好的吗?——是好的,你也要注意身体。

此外无话。

有那么一两次我和妹妹们想着母亲一个人孤独,都劝她说,妈,要不再找个伴儿。她一脸不屑,找啥子哦找,我一个人好得很。

  我不知道她是在哪一个瞬间放下了那些激烈的情绪，或许是时间稀释了一切，既淡化爱，也淡化恨。在这漫长的时间当中，是否有一个瞬间让她忽然明白了，强烈的爱或恨对于自己都是一种绑架，或是一件什么事让她一下子发生改变，但她确实淡然了。我确确实实体会到了我和母亲的成长，那不是强大，内心怎么强大呢？那是辽阔，像风吹过的草原，像吹过草原的风。

时　光

1

六点多起来,母亲已坐在门口的矮凳上穿鞋,她准备去散步。看见我起来了,系鞋带的手停下来,仰起脸来问我,你要不要去走一下嘛,早上空气好。

我停顿了一下,说,走嘛。

三两下洗漱完,换上轻便的衣服跟她一起出门。她显得很高兴,急急忙忙拿上手机、钥匙和雨伞。她一个人出去可不会带这么多东西。

2

算起来我们在一起散步的时间并不多。我要去北京,她才从老家四川过来,离此前在福州帮我带汤圆(我儿子的小名)已经过去三四年了。因为我临时要去北京学习几个月,她又从老家赶过来,像完成一个交接仪式,她一来,没两天我就走了。

这次抽空回来待几天,我应该好好陪陪她。

想着已经是五月,江边的一片马鞭草应该开了。我说我们就沿着闽江一直走,走到花海公园吧。她说行。

一路上聊着天。她讲着老家的人和事,也不觉得远。我们走到南江滨鼓山大桥下的时候,远远看见一片蓝紫色,果然马鞭草已经开放了。我在心里松了一口气,这是我送给她的一个礼物——因为我不确定花是否开放,在没见到蓝色花海之前我不敢告诉她。直到这一刻,她也跟着兴奋起来,几乎是笑着冲过去,拿手机拍照。我跟在后面看着她像个小姑娘。

我们几乎是来得最早的,偌大的紫色花海,除了我和母亲,没有多余的人。花海的设计很人性化,在密布的花丛间预留了可以驻足的小道,仅容一人踩进去合影拍照。这些花开得太高了,高过人头。母亲站进去,有些花朵开到了她的头顶。她穿一件粉白色条纹衬衣,黑色的紧身裤,休闲又挺阔。我拿手机帮她拍照,她戴上眼镜看一看说,嗯,很漂亮。她也要我站进去。不知为何,我在她面前反而有些羞涩,放不开,大概是已经长大了,离开她太久,总想在她面前表现得像个成年人。

慢慢人多起来了,特别是一些年老的妇女,她们打扮得仙气十足。三个老太太穿着艳丽的高跟鞋、碎花大长裙,每一位脖子上都绕着长长的丝巾,有一位还戴了一顶非常夸张的法兰西风格的太阳帽。三位老太太眼看也有六七十岁的样子,但身材还保持得不错,脸上化着浓妆。尤其有一位抹了跟肤色不太接近的白粉,看起来有些僵硬。她们很享受地在花丛中摆出各种做作夸张的姿势,互相拍,互相评论着,说这样够不够自然。我和母亲从她们身边经过。那老太太站在花丛中,交替着双腿半蹲下来,几乎要做出贵妃醉酒的高难动作了。我和母亲都开心地笑起来,老太太和女伴们也一起笑起来,高扬的花枝摇来摇去。

返回时我们有些走不动了,我和她坐在江边的公交站台上一边等车一边说着家常。春日的江风吹过来,我看到她新染成栗色的头发里落了几粒紫色的碎花朵,兴许是走得热了,她脸膛红扑扑地冒着热气。

她又年轻回来了,经历了上一次的意外。

3

去年那一场厨房间突发的事故,至今想来仍然心有余悸。手机里还保留着入院当天的照片。我每次不太敢看,但是又忍不住打开来。

那是母亲剃光了头发,烫伤的全身裹满纱布躺在病床上。在一个平静如常的上班的早上,她的手机发来照片,毫无准备的情况下,给我一击。我在最短的时间内安排好身边的一切,孩子、工作、家人,飞赴成都。上飞机之前我已经做好了所有的准备——所有的存款,我全部转到一张银行卡上并带在身上。我盘算着我所能动用的关系、筹措到的所有的钱,想着我能承受的最坏的情况,并用手机列出了所要处理的一切事情。事后我惊异于自己那一刻的冷静和理性，居然没有了过往遇到事情就怨天尤人的负气与无力。

在医院的那些日子里，倒也并不是想象中的一片黑暗。尽管那条长长的甬道深夜亮起的电子灯下常常有我无法入眠的叹息。那充满了消毒水与各种人身上气味的房间里也不时传来孩子的尖厉哭声和吵闹声，但我们依然在生活的齿轮中如常转动。两个妹妹轮流做好各种好吃的饭菜，甚至把小侄女的生日蛋糕搬到病床前一起吃。那一段日子，母亲柔弱极了，仿佛返到婴儿时期的状态，吃喝拉撒全在我们的帮助下解决，却仍保持着她的倔强。稍微好转了，可以移动下床了，便坚持要自己去卫生间。我跟在她身后搀扶着，在卫生间里帮她褪去裤头，看到她已经松弛的皮肤、塌陷的腹部，她可能意识到了什么，竟难为情地把我往外推。我小小年纪就离开家，真正陪在母亲身边的日子少之又少，更是很少如此亲密地接触她的身体，唯一一次是我生汤圆的那一年，她把正在经营的茶馆匆匆转让了，过来照料我和孩子。那一年各地冰灾，福州也是少有的低温，我在病床上一动不动躺了十天，因为伤口感染导致泌尿系统紊乱等等各种问题。她每天帮我擦洗身体、倒尿袋，甚至因为心理原因不能排便，也是她扶着我在厕所里蹲上一两个小时。——我人生最不堪的一幕大概也只有她目睹了，她却不忍心看我蹲下来帮她清理身体。

一个月后母亲康复出院，我飞回福州，偶尔在手机视频中跟她聊天，聊着聊着她还会哭起来，说因为自己的不小心给我们正常的生活增添了麻烦。——她不知道，在这一场突如其来的意外事故之中，我已经知道了自己内心所能承担的重量。

4

父亲离去得早，我从小过于独立，想想过去，似乎从来不曾有过撒娇的记忆。尽管已经学习着如何表达情感，但与人相处仍然害怕过于亲昵。与母亲也一样。只有在拍照的时候我会把手搭在她的肩上，或者在过红绿灯的时候，会下意识地挽起她的手臂，带她快快走过车流。

其他的时间，我们浮夸地隔着屏幕把亲吻和拥抱的表情献给陌生人，却在最亲的人心里屡屡竖起屏障。

她曾无数次诉说父亲的好，然后流泪不止。

那时我大概十岁，我还不知道如何安慰一个思念成疾的女人。我的母亲，我还不能理解她的孤独。我说，你别老是活在回忆当中，不敢面对现实。现在想想，十岁的我多么冷漠尖刻。

我是有一天在骑车上班的路上，突然意识到我也马上四十岁的，倒不是感叹自己老，而是活到了母亲当年的年纪，已经能感知并重新去回想她的人生了。正是在这样的年纪，她失去了爱人快十年，带着幼小的孩子嫁给了现在的丈夫，并生下两个女儿。在无数次争吵和扭打中想要离家出走，但是为了我们，她又回来继续生活。那些孤单又无力的日子里，父亲是她昏暗生活中唯一的光，即便只是一种想象。她总是说，要是你父亲还在，会怎么怎么样。我厌烦她这种自怜与唠叨，甚至因此对不曾见过的父亲心存怨怼，觉得他是这一切不幸的根源。

倒是现在她很少再提起父亲了，只是上次我离家时，她说梦见父亲来跟她聊天，就像年轻时在家里一样。说两人坐在新打的木床边，母亲说缝纫机坏掉了，叫父亲下班后记得修一修。他"嗯"一声，站起来就出门了。她再也没有悲戚的神情，就像在跟我说一个远行的亲人一样。我说那你去买点纸钱烧给他吧，正好也快清明了。她说城里怎么烧哦，又没的地方。我说没关系，拿一口锅在阳台烧，完了盖起来就是，我帮你弄。我领着她找到一间小店买了纸钱蜡烛，连带她日渐平静的思念，一起烧给我那一出生就离去的父亲。

5

从花海公园回来，有网络了，她发给我手机里的视频。那是她走在我身后拍下的，她还用四川口音的普通话配了旁白："我们去江边玩。这是大女儿，她去北京学习，回福州玩几天，又要回去。她还是瘦瘦的，像个小姑娘……"我一边看一边笑她，你这是跟谁在解说呢？

镜头里是我一直反扣着手臂，摇摇晃晃走在她前面，偶尔听到她的招呼，回过头笑一下。身旁是开得烟花一样迷迷蒙蒙的紫色马鞭草，一路延伸，无穷无尽。

看完视频，我说妈，你手机拿来，我帮你把内存清理一下。她手机里照片太多，甚至几年前的都还在，相册已经满得快要爆炸了。一张是汤圆很小的时候骑在三轮车上，她在一边扶着他；还有我和两个妹妹小时候的黑白相片，三个丫头傻傻地站着，等候照相师傅喊一声"笑"，就一起咧开嘴。那是她用手机在老家的相册里翻拍的，曾经有一次发到家族群里，我们一边看一边互相取笑小时候多么土气。

另一段视频我点开来，那是她在老家带着外婆去公园散步，她拍下外婆走路的样子。已经八十八岁的老太太，瘦削得像一张纸，但背挺得笔直，齐耳的短发，雪白，夹在耳后一丝不乱，和身边那些已经发胖得走路变形的老太太形成非常鲜明的对比。妈妈几姊妹这一点也像外婆，精神头都挺好，不会让自己老了就邋里邋遢。妈妈常说，不晓得我老了有没有你外婆这么立势哦？"立势"是四川话，我想写成普通话应该是这两个字——"立势"。立得住，架势还在，就是到老了也有样子。我其实在某些方面也是像外婆的，不管性格还是外表。我们都有点跟自己较劲，有轻微的洁癖和傲慢，又有些强迫症和虚荣。正是这分虚荣支撑着她背不能驼，腰不能肿，但也是这分虚荣让我们活得不那么自在，太在意别人眼中的自我形象，甚至至亲之人。外婆已经八十八岁，她来我家玩的时候，还会客气地给我拿几百块钱红包，说打扰我们了。

母亲也是有一些像外婆的。

6

在她刚刚到来的那一段日子里，我们都有些紧张焦虑，甚至陌生局促，空气中隔着一层看不见的薄膜。她事事揣摩我们的喜好，总想做到最好，却总是因为多年不在一起生活，很多习惯与我们格格不入。

她身上有许多我不能理解的行为。比如总是不相信洗衣机，要把一堆脏衣服手洗一遍，再丢进洗衣机里；总是把东西收到完全找不到的地方，等找到时已经腐烂了。比如用装水果的玻璃碗装热汤，总是一起床就喝冰箱里的冷饮，甚至吃饭总喜欢用汤泡着吃，出门不带伞，电话常常关成静音，也不回复电话等等……就像她念叨我睡觉还开着音乐，总是早上起来洗澡，衣服总是随手堆到椅子上，喝完茶总不收拾等等等等，我也有一堆她不能理解的行为方式。好几次连说一句话我们都感觉别扭，甚至再多一秒她就要爆发怒气和委屈了，但是她又忍住或者我赶紧岔开话题。

终于，经历了上次的惊吓之后，我不再为这些小事抓狂。从那时候起，她就变成了我的女儿。

对于已经近四十的我来说，也渐渐明白如何跟自己相处。自由早已不是年少时的叛逆，而是相反的另一种自由，就是让彼此都舒适。尤其是对待至亲的家人，我们的关系也不再像锯齿一般犬牙交错，我终于学着去理解彼此的偏执。与母亲，与汤圆，与先生，我把自己身上的刺都磨软了，变成了柔软的绒毛，相碰时不再感到疼痛。我渴望有一天变成像怪物电力公司的大毛怪一样，温暖又有力量。

我好像看到自己带着幼小的汤圆出去散步，也是不停地给他录视频，看他一步一跳，永远还是孩子。从跌跌撞撞学走路，到跟着同学出去跑跳、骑马，我都忍不住拿出手机来录一段，觉得他正一点点长大，马上就要离开你了，那么多难得的瞬间，我要好好地记录下来。如果人生就是不断失去的过程，在一次一次的失去之中我总算学习了如何面对。

汤圆不知道是不是能感知到这种离别。我要去北京了，问他会想我吗？他从来不说想或者不想，只是忽然间会跑过来用手臂把我圈起来，用力地抱我，勒到我大叫，他才笑着把我放开。

我常想起在从福州到北京的火车上看到晨雾中的太阳是怎么追赶着我的。那一刻非常像梦境。一颗橙色的发光的气球，它一路在远山的迷雾中奔突，边缘仿佛都擦出白色的痕迹。有一两下，人很恍惚，眼睛盯得快要睁不开了。那太阳好像比我还着急，它和火车在平行的赛道上互相追逐，我站在车窗边，想跟它说一声，别急啊，时光，你慢慢来。

风　烛

我在河的这岸看她们，人来人往，聚聚散散，我试图进入去理解她们两代人之间的情感，但始终隔着一条河流。

1

听到楼下车子开进小区门口的声音，"小白"像疯了一样往外蹿。六姨正在厨房炒菜，没来得及应，外婆已经缓慢地移出了屋，她学着六姨的样子，拿了狗链从阳台往下扔。每次六姨就是这样，把狗链扔给姨父，这样他就可以牵着小白在楼下溜达一会儿，再顺手把小白牵上来。但外婆这一扔下去，没听到狗链子砸到地上的声音，换来的却是呜啦呜啦的汽车鸣笛声响彻了小院。正在炒菜的六姨和外婆都吓了一大跳，不一会儿就有人跑上来敲门，原来狗链子砸到人家楼下的车顶上了。外婆吓坏了，知道自己闯了祸，躲在小房间里坐着不出来。只听到六姨正在给人赔礼道歉，大声笑着说，哎呀，我妈老了，看不清楚，不晓得，砸到了，我们赔。对不起啊，刘哥，哎呀……她在小房间里听得心咚咚咚跳。她难受极了，像个做错事的小孩儿，直端端地坐在床边上，没有一点声音。六姨在外面喊她，妈，吃饭了。她假装没听见，过了好一会儿才"嗯"了一声，慢慢地从屋子里挪出来。她从随身的衣袋里摸出一千块钱，那是她常年放在贴身衣服的口袋里的，她递给六姨父，说，哎呀，我惹的祸，我赔。姨父看了看六姨，笑了笑，没接，推回去，说，老妈，不会要你的钱。继续吃饭。她缓慢地喝了几口汤，说吃饱了，又回到房间去睡了。她睡不着。

2

自从外公去世以后，外婆就轮流在几个孩子家住。有一次四姨和六姨小声说，不能带老太太去哪里玩了，她身体已经不方便。她们说的"不方便"，是说外婆年纪大了，小便已经有点控制不住。有一两次，说着说着，还没走到厕所就尿湿了裤子。但是她不愿意穿尿不湿，她嘴上嫌那个东西穿着不舒服，但真正的原因是，穿那个很不好看。

她一生追求体面，尤其在穿着上，可是年龄大了，有的事情总身不由己。她不愿意穿尿不湿，但晚上起来又不方便。

她在老家的时候，有一天晚上起来上厕所，绊到床边的椅子腿，摔了下去。她不想叫醒睡在隔壁房间的舅舅，自己艰难地起身，想要挪到床边的痰盂上解决。可是她还是高估了自己。手上已经没劲儿了，尽管只有七十多斤的身体，脚也支撑不住了。她一下子坐在地板上,哎哟,试了好几次都撑不起来。她不得不"哎哟哎哟"地叫着:老大!老大唉!舅舅睡熟了,没听到她的喊叫。她疼得无法掩饰,只能大声嘶喊出来了,老大!老大!……

外公外婆生了一个儿子、五个女儿,老二据说是遇上自然灾害的那几年没养活,饿死了。我小时候好奇,有舅舅,四姨五姨六姨,为什么没有二姨?我妈说,你二姨小时候饿死了。我一听,无法相信,这世界上怎么可能真有饿死人这一说呢?慢慢长大了,才知道这世界并非从来都富足安康的。

母亲兄妹几个共有的记忆就是那时候的穷。

外公虽然在公社当书记,却无法养活六个孩子。他每天的口粮自己舍不得吃,都是把一点点米带回来,煮成稀饭一家子吃。真真的稀饭啊,稀到半天捞不到一粒米。于是他们想了一个办法,稀饭煮沸的时候,把一个茶盅放在锅子中间,沸腾起来的米粒会跳到盅里,这一盅稠一点的稀饭就给最小的吃。

如果能吃一顿面条,就是过节了。为了让一家子能吃饱,吃面条之前,每人先喝两碗面汤,这样肚子已经差不多了,再分食可怜的几根面条。我听到这些久远的故事时,已经是十来岁,母亲也已经是四十岁左右了,他们说起这些童年往事像在说荒唐的笑话。母亲说完总是大笑,妈哟,一个人光喝面汤就已经肚皮撑饱了,但是屙两泡尿就又饿了的嘛,吃那几根面,根本不顶事。饿了咋办?你外公半夜起来啃生红苕。妈妈在床上听他"吭哧吭哧"地啃哟,假装睡着。我听得心一阵疼。一个大男人，半夜被饥饿折磨，寂寞而深长的夜里，只有牙齿与红苕摩擦的声音，而躲在床上的儿女们还要装作没听见。

但是奇怪，在母亲他们的述说中，没有听到彼时的外婆是怎样的存在。

她向来瘦得很，手不能提，肩不能抬，一向都没怎么干过重活。倒是排行老三的母亲从小就被当男娃养，莽莽撞撞的，去生产队里挣工分，她和舅妈占主力。外婆只能在家里洗衣做饭，做些轻省的活计。那时候她们对外婆有过抱怨吗？好像没有。但是外婆的妯娌看不习惯外公对她的娇纵，经常发生口角。"大家婆"——外婆的嫂嫂——老了，脸上的线条仍然坚硬得像个男人，她用铜烟杆儿抽叶子烟，吸得叭嗒叭嗒响。我们小孩子喜欢听她讲话。她虽然像个男人一般凶巴巴的，但是笑起来很豪爽，喀喀喀，咳嗽一般。她一说起外婆，总是一脸嫌弃：哎呀，你外婆，没得用，瘦筋筋的，手跟鸡爪一样，只有你外公看得起她，当个宝一样供起……她们老了，讲起往事就当是调侃，年轻时可能不会这么云淡风轻。

3

这是外公去世的第七年。她有时候还是会想如果老头子在的话，她不至于如此孤单。虽然老头子在世的时候她也总是嫌弃的。

嫌他半夜里"哐哐哐"地咳个不停。外公早年下过煤矿，染上了肺气肿，一咳起来像开钻井机似的，整座楼都在跟着打战。半夜里就别睡觉了,两个人一起靠在床头,睁着眼到天亮。嫌他不够讲究,咳出的痰吐到水泥地上。她总得拿小铲子去灶膛里铲一堆柴草灰盖上,再拿扫把扫掉。嫌他粗鲁,吃东西吭哧吭哧,好像一头牛在嚼食。"又没得哪个跟你抢,吃哪个快做啥子嘛"……外公身上有太多外婆看不上的地方。可是这个男人在身边的时候,她高高在上,所有的人都尊敬她,儿女们、孙辈们、亲戚,包括邻居。每次外公外婆来我们家,邻居看见了,都会兴奋地喊我妈,曾三姐,家公家婆来了哒!我们就跟着兴奋地跑出去迎接。外公穿个短袖的白衬衫、西装裤,戴着老花镜。外婆也总是穿着剪裁非常得体的绵绸白衬衣、折痕挺直的长裤、轻简的胶底鞋,干干净净。就像两个机关干部下乡,总能引来邻居们的羡慕。她身材瘦弱、矮小,但走在外公的身边,腰板特别直。

外公去世这些年,我们问她有没有想起过外公。她说我不想。外公离开以后她不愿意睡在原来的屋子,她说我害怕。这句话被四姨听到生气了好久,她说,老妈呀,几十年的夫妻,你害怕啥?以后你死了还不是要跟他葬在一起?说这话的时候,四姨表情恶狠狠的,像是为外公出了一口气。可是她也知道,如果外公在,是绝不会这么狠心跟外婆说话的。

"风烛残年",是外婆现在的真实处境。八十八岁——她已经在这世上活了八十多个年头。春夏秋冬,从轻灵的小姑娘到生育了六个孩子的母亲,到现在瘦弱得像一把干柴的小老太太。隔着衣服握她的手臂,小小的一把,全身上下加上厚厚的羽绒服也不过七十几斤重。但除了松弛得像布袋的腹部，她依然有着挺直的背和腰肢，齐耳的短发好多年前已经一片雪白了，仍然一丝不乱地夹在耳后。脸上有少许的老人斑和皱纹，但由于常年保养的习惯，看起来干干净净。安装的假牙让她笑的时候看起来有些僵硬，但整整齐齐。假牙可能让她有点不舒服，每次笑完以后，她总是会用舌头去舔一舔门牙。这让她看起来有点不那么自在。而大多数时候，她在她儿女们面前，都是不那么自在的。

她好像一直不怎么属于这个家。

她跟人总是不亲，即便对自己的女儿们，也没有那种亲昵，不是不好意思，是打心底里就没有。她把她们视作"外人"，说话时总隔着一种奇怪的客气。有时我怀疑，这些舅舅和姨姨们是否是从她身上掉下来的，那种骨肉相连的亲昵和亲近会随着年龄的变化而消逝吗？还是本来就没有？

她叫母亲"三姐"。看见母亲穿一件漂亮的衣服，她不无羡慕地称赞道，三姐，你这件衣服好看呢，哪里买的？或者说，三姐，你们家里装修得好啊！类似这样的寒暄让我们听了很不自在，跟她之间一下子划出了一条沟壑。

这时候谈话就很难继续下去，是应该跟她一样，继续站在这深渊的两岸生分地寒暄，说"哪里，哪里！"还是试着把她从看不见的阻隔对面拉过来，说，"外婆，你怎么总是这么见外呢？我们家不也是你的家吗？"但无论怎么做都显得很别扭，于是我们只好顾左右而言他。

但不管怎么样，在外人看起来，儿女几个都是极其孝顺的。

任何时候，老太太生病或者哪里不舒服，她们就会全部赶到医院，该出的钱，该出的人，没有谁会有半个不字。尤其在政府部门工作的四姨两夫妇，因为有优越的经济条件和社会关系，大多数时候承担了安排联络的工作。像每个家庭一样，他们是那个能力越大责任越大的主心骨。更主要的原因是四姨从小念书到高中，后来进入政府部门工作，也是顶替了外公的公职。所以，理所当然，她在家中负有更重要的责任。尤其外公去世之后，她和四姨父更像整个大家庭的家长，很多重要的决定都是听他们的意见。

4

舅舅是老大，也已年近七十，遗传了外婆的白发，很多年前就已经是"白头翁"。他从县玻璃厂退休以后，曾经在城郊一个小小的水电站守水。有一次我和妈妈路过水电站顺道去看他，分别的时候隔着宽阔的河道，他一个人慢慢走回守水的那间小屋。隔着灰白的烟波，我看到对岸一个满头白发的衰老的人。可推算一下，那时候他也不过五十来岁。

他的孱弱表现在其他更多的方面。他对于舅妈的依赖，像是舅妈生的儿子。他从来没有自己的主意，除了干活，唯一的休闲是去小河沟里钓鱼。

前几年舅妈患癌症之后，他经常一个人躲起来哭。一个大男人的哭声，如果没有真正听过，是很难想象的，呜呜呜地哭，把孩子们都吓坏了。而他也像个即将失去母亲的孩子。但让所有人没有想到的是，舅妈去世以后没半年，他就认识了新的老伴儿。两个人是在接送孙子上学放学的时候认识的，尽管表哥表姐极力反对，但他像找到了情感的稻草一般，义无反顾地住到了新的舅妈家中，和她一起接送那个没有血缘的孙子。于是外婆待在舅舅家里的时候，常常是一个人。

外婆这些年轮流在几个儿女家住。她最喜欢去的是五姨家，尤其在腿摔伤了以后。

五姨家在离城区不远的市郊。他们早年自己盖起两层小楼，楼前有宽敞的院子，院子一角有一棵年老的柿子树。放暑假的时候，我和妹妹曾经站在树下等熟透的柿子掉落下来。紧挨着还有一棵非常老的核桃树。核桃树新结的果实很难剥，要砸破外面一层厚厚的皮，姜黄的汁水会粘到衣服上、手上，很难清洗。但新砸出来的核桃仁非常嫩，非常甜，有点像新鲜的花生仁，却多了一丝清苦味儿。最令人羡慕的是五姨家门前的一口大鱼塘。下暴雨前天气闷热，深水里的鱼儿们会跃出水面扑腾，于是你可以看到那种只在电影里才会出现的画面，所有的鱼儿都在表演似的争相跳出水面，一派丰收的景象。我怀疑是我亲眼看过，还是把其他地方看到的画面移植到了这里，因为小时候我并不经常去五姨家。小时候我们家养了三个女儿，是负担最重的，去哪里都像是要去抢食似的，一下子多出三张嘴巴。因此，除了回外婆家，去其他姨姨家里还是会有一些踟蹰的。

四姨家在城里，他们是吃公家饭的、有单位的人。我们一去也总觉得局促。到中学的时候曾经因为上晚自习，太晚了，母亲懒得来接，我便时不时地借住到四姨家。但是，每次都小心翼翼，像个小偷似的进门。尤其当四姨家里有客人来的时候，我更坐立不安，不知往哪里躲。我骨子里可能也和外婆一样，没有办法和身边的很多人亲近。我也说不清那是自卑还是什么。

那时候四姨两夫妇刚刚凑钱买了单位的集资房，母亲想着他们困难，家里一有什么新的收成，总是吩咐我给四姨家里送一些。毛豆，丝瓜，一把菜薹，一篓无花果，还有一次是刚收的新稻谷磨出的新米，母亲让我用竹背篓背了送去。我小小年纪便独自出门，从乡间小道背着这些东西进城，走一个小时。有时到她家的时候，四姨还在上班，门紧锁着，我就乖乖坐在门口的楼梯间等。那时候没有电话，我就坐在楼梯口，楼梯口正对着浑黄的清溪河。那些年，河水浑黄，现在已经治理成绕城景观了。等到快中午，四姨和四姨父下班回来，他们匆忙做饭、吃饭，午休一会儿，然后又要赶着上班。我总觉得自己的到来是一种多余的负担。表弟不喜欢这个乡下的土里土气的表姐。有一晚留宿在四姨家，四姨带回来一罐菠萝罐头，那是我第一次看见这种东西，很高级的样子。四姨拿进卧室，让外婆打开分给我和表弟吃。外婆很珍惜地舀了一勺给我尝，菠萝带着蜜水，很脆，很甜，很好吃。仅此一口。剩下的，表弟紧紧抱在怀中，敌视地看着我。外婆说，你再给表姐吃一口吧。我懂事地说，我不吃了，外婆。于是我自己像瞌睡了一样，打了个哈欠，面对着墙闭着眼睛假装睡着了。好辛苦啊，耳朵里一直是外婆喂表弟大口吃菠萝的声音。长大以后我曾经想起那一口甜甜的菠萝罐头，想要证实一下是否真有记忆中那么好吃。我从超市货架上凭着回忆买了好几种，尝了一口，都不过如此，无一例外地甜到发齁。

因为四姨和四姨夫两人都要上班，外婆在她家里帮着照顾小表弟，直到他小学快毕业。母亲那时候也生了三妹，但是母亲作为家庭妇女，只能一边做农活，一边带我们姐妹三个。大概也是因为这个原因，四姨哪怕对外婆意见再大也有着不可推托的责任。但五姨可不这么认为，五姨直言不喜欢外婆，甚至在外婆腿摔伤的时候，还赌气说，我不去看她。她这样说还有一个更深层的原因，当年五姨看上当学徒的五姨父，未经媒人说合就自由恋爱了。外公外婆一直觉得不成体统，加上五姨父家离城远，在边远的大山里，家里兄弟也多，负担重，外公外婆就不怎么同意。到现在五姨说起来还是一脸的恨意，我们结婚的时候，可是连一根茅草都没带走哦。所以他们一开始的日子过得很辛苦，一个家全靠做泥水匠的五姨父一块砖一片瓦垒起来。如今五姨父已经是带徒弟的大师傅了，又当上了村干部，收入可观，生活已经好了很多，但早些年那些事情五姨还想不通，她一辈子都觉得外公外婆亏欠她。

六姨是家里最小的女儿，受到的宠爱似乎最多。可是她的情感里更多的是对于外公的回忆。外公乐观豁达，对儿女们也相对比较公平。外公在的时候,家里是热闹的。一到暑假，小孩子都往外公家跑，吃饭的时候一大桌子人。多一个人意味着多一张嘴，也意味着得多洗一个人的衣服，多操一个人的心。而且我们一去可不只是三两天，常常是十来天待在外公家，不到开学不肯回去。夏天的傍晚，一大桌人围坐在院子里吃饭。尽管也就是一大盆炒空心菜或者地瓜叶或者腌酸菜，都是地里种的，土里长的，吃得像小猪抢食。但是对于大人来说，每天煮十来个人的食物也是件累人的事，何况还要干地里的活。那时候没有自来水，挑水要到很远的一口全村公用水井去挑。舅舅就承包了挑水的任务。水缸里的水除了洗衣做饭还要喂猪、烧洗澡水，现在想起来真是辛苦他们了。

唯有一次，舅妈吩咐我和表哥摘空心菜。不知道为什么，表哥总嫌弃我，说了很多让我不要待在他家的话。我伤心了，饭桌上不吃他摘的菜，干咽米饭。舅妈问我一句，我便眼泪一直落。外公为这事把表哥狠狠骂了一顿。我那时候觉得有外公在，小小的人儿才有依靠。

但外公走了，那一个曾经热闹得让全村人羡慕的院子越发冷清。外公逝去没两年，舅妈又患癌去世，表姐远嫁，表哥到离家几十公里的地方开餐饮店，一周回不了一次家。家里就只剩下年老的外婆和看起来同样年老的舅舅了。

我们孙辈更是有了自己的家庭，回去的时间更少之又少。热闹一下子就过去了，少有人声，连儿时看起来高大敞亮的房子都歪斜了，开裂了。

但外婆还是愿意待在老家。姨姨们开家族会议，商量谁来照顾她的时候，她说，谁家我都不去，我还是跟着我的这个没用的儿吧。她这句话又伤了女儿们的心。

她内心里还是只有她这个儿子的。可是这个儿子已经有了新的媳妇，他心思已经不在这个家了。新的舅妈一声招呼，舅舅就跑去了,好几天不回来。

独自在家的外婆不得不拖着年老的身体自己去做饭洗衣服,有一天在晾衣服的时候又把自己摔了,再也动不得。于是,由不得她,只能由女儿们轮流照料她。

人老了,真是由不得自己,她老说,我为什么要活这么长呢?

5

话虽这么说,可是真正到了医院的时候,她还是害怕,害怕面对死亡。

关于生命的长短,关于生与死,尽管我也已经快四十了,但还没有到真正面对这个问题的时候。我也不知道真正到了那一刻我是什么心情,真的会豁达吗?

我总记得我小时候在城里念书,借住在四姨家,想到外婆也在,我心里便有了一点倚靠。每天我走到楼下,总是会往他们家的阳台上望一望,如果有外婆在阳台,我不安的心便会稍稍踏实一点。于是我在楼下开始呼唤她。她或者在晾衣服,或者在打扫。一开始她会回应我的呼唤,回来啦?后来有一天,她好像很不耐烦的样子说:回来就回来了嘛,喊啥子喊。我一瞬间就哑了,躲在楼道里站了好几分钟,不知道是要上去还是勇敢地逃走。怯懦的心里又想着,站太久了不上去,她会怎么想?于是背着书包,磨蹭着又敲响了四姨家的门。

自从那一次之后,我跟外婆之间就隔远了。

她大概从来就没有想到过，一个外孙女会对她有那么深的情感上的依赖。我也是从那时候明白她内心的分别，外孙女，再亲，终归是"别人家"的小孩儿。这也是为什么她对于长大的我们越来越客气，过分周到和礼貌，有时候谦卑得让人感到生气，亲人之间原来可以隔这么远。

多么奇怪，这么多年过去，外婆的形象一直是那个在阳台上晾衣服的老妇人。她一句话把我推得远远的，但同时又把我惊醒了一般。对于亲情，也不总是系得紧紧的。

可是当我的姨们，当我的表妹表弟们，言谈中对她表现出一种不满和不耐烦的时候，我又觉得不忍。有了这些年的成长与成熟，早年间的那种生分已经对我构不成任何影响了，只是面对一个风烛残年的老人，我不忍。

6

外婆已经老了，病了，身上只剩一层口袋一样的皮挂在骨头上。我有时候捏着自己肌肉逐渐松弛的小腿，就会想起外婆，我似乎有一点感受到衰老是怎么回事了。她摔伤了腿，又想站起来走，趴在茶几和椅子之间的空隙，用手撑着上身，吃力地挪动受伤的双腿，一遍遍地挪过来又挪过去。她想让双腿再重新支撑起瘦弱的身躯，可是，只能无力地趴着。她快九十了，她从来挺直的身板再也不能直直地行走。她上身穿着夹衣，下身套着难看的棉毛秋裤，松松垮垮的。我很想说，妈，你给外婆套上好看点的衣服吧。可是我也知道，对于行动不便的外婆，多穿一条裤子，已经是累赘。她内心也很沮丧，常常坐着流泪,跟母亲说,我还是死了算了。

她从前一直被女儿诟病的是乱买衣服。衣橱一打开,比女儿们的还要琳琅满目,很多崭新的裙子、衬衣、裤子,有很多还是刚刚定做的,还没见她穿过。她总嫌买来的成衣不合身,每次都要到裁缝店改到严丝合缝了才穿。她老了,小肚子塌陷,为了不让小肚子露出来,她总是将裤头改得很紧,即便勒得难受也不放弃。四姨讨厌的就是她这点,说这么老了,还这么虚荣爱漂亮。可是,现在,这些衣服挂在衣橱里,是再也没法穿得撑撑头了。妈妈随手取下一件仿真丝的碎花旗袍,试了试,除了有点紧,居然还能穿,她大声跟外婆说,妈,你这件旗袍好久买的哟,没穿过呢,给我穿哈。外婆没抬眼,只说,你穿嘛。她已经无法拥有这些美丽的衣服了。她只能随意套上一件睡衣睡裤,坐在轮椅上由女儿们推着,或者穿着秋衣秋裤撑着助步器,在小小的场院里来回地走。

我常常想外婆的一生有自己的闺蜜或知己吗?好像没有。她除了对外公说话不太顾忌以外,跟谁说话都客气得隔着一层。那她心里的烦恼和忧愁该跟谁聊呢?记得六七年前她身体还好的时候,由妈妈陪着来福州玩,常常晚饭后我们一起坐在阳台上,我玩手机,她拉家常。她讲什么呢,总讲过去那些年家里的苦,讲妈妈年轻时候像个男娃一样挖土挑粪挣工分,讲有一次生产队的牛棚烧着了,舅舅以为妈妈在里面,一边哭牛儿,一边哭三妹,却发现三妹在家里睡大觉。她一直讲,一直讲,每天晚上讲的内容都是一样的,事情也是一样的,甚至讲述时的语气和用词、手势和感叹都一模一样,分毫不差。女儿们肯定也听过无数次了。她们会不客气地说，妈，你讲了千百次了，还讲！然后她就很不好意思地笑笑，用手抹抹嘴巴，好像能把这些话抹去似的。而我不忍说，外婆，你已经讲过好多次了。我只能一边玩手机，一边嗯嗯啊啊敷衍地应着。是我懂得她的孤独吗？是我知道我们已经不再休戚相关，才可以敷衍吧。

她自己有没有想过这人生如此孤独啊，还是她老了，麻木了，早就不去想这些。

外婆拖着病腿在椅子间来回挪动的时候，四姨和四姨夫正驱车前往西藏。那是他们计划了很久的旅行，公务繁忙的四姨父好不容易休假，大家都劝他们机会难得，还是去吧。

躺在床上的外婆从微信群里看到女儿外出旅游的照片和视频，满眼羡慕，说等我的腿好了，我还要出去耍。姨们听她这话，撇了撇嘴，说，谁还敢带你出去哟，万一哪里出点闪失……这是实话，可是听了不免心颤一下。一个老人，是一点希望也不给她了，似乎她活着的最后的目的，就是等待死亡。

那她余下的生命又该寄托什么呢？

7

中秋节的时候，当妹妹、妹夫一家子说要从成都开车回去看她时，她特别高兴。倒不是他们能带来什么，而是在邻居看来，那齐家融融的热闹里，她不孤独。

为了这热闹，老妈在电话里一遍一遍问妹妹一家几时到。

她们老一辈几个姐妹都等在外婆家,中午准备了一大桌菜。这个中秋节是外公去世之后这些年难得的相聚。因为很多说不清的事情,舅舅一家两代人之间有过不少误会与纠结。好几年不相往来的一家人,终于因为外婆的腿疾又走到了一起。

妈妈很兴奋,她一遍一遍在微信群里催促,问妹妹他们的车到哪了,到哪了。她一心想要促成阖家团圆的热闹画面,为了这理想中的"阖家幸福",她们各自都要默默吞下不少的委屈与无奈。

那天母亲发来视频的时候,我正独自在闽江边散步。一大家子围坐在饭桌上,回锅肉、烧排骨,水煮鱼,各种好吃的层层叠叠堆满了一桌。手机镜头扫到的每个人都兴奋地笑着,用手比着"耶"的手势,连外婆也不例外。可是镜头一掠过她,她就眼睑下垂,像是睡着一样头低下去,与周围人的热闹完全没有关系了。那一刻我好像看到了自己,那种突如其来的孤独,那种难以融入。我拿着手机在江边漫步走着,家人们热闹的寒暄吵嚷显得很恍惚。我听不清他们在说些什么,身边的世界好像一下子把声音关掉了,只剩江水无声地流淌。我定定地看,江面无数的旋涡,有时候越看越怀疑,这水是在顺流还是在逆流。想起谁说,人生长恨水长东,人生长恨,人生长恨,那短暂的平静和欢愉更要好好把握。 时间的长河里,外婆,我的姨姨们,她们的情感交织在一起,是这条河流里面看得见的波纹,顺流的逆流的、偶尔碰出的浪花,我只能站在河边远远地看着。我试图进入、理解她们两代人之间的情感,和她们各自的生命,我努力想要看清一些本质的东西,想要从中窥出关于生命的一些真相,但我发现那都是我的一厢情愿。那河流永不止息,我只能看着那河流,永不止息。

红 儿

1

"红儿"是她的小名。

记忆中的红儿姐姐,就是一朵炸开的山茶花。而我,就像是一朵小毛球,每天就这么拖着长鼻涕跟在她的屁股后面,红儿姐姐红儿姐姐地叫着。她心情好的时候搭理一下我,大多数时候我只能自己玩。最开心的是坐在她家院门前的洗衣板上跟她翻毛线。那时候毛衣都是手织的,每一家主妇柜子里都藏着几卷彩色的毛线。从中抽出一根,剪一尺多长,两头打个结,两个手掌撑起来,左右手之间手指穿来绕去可以翻出不同的图案:降落伞、火车、楼梯……红儿姐姐比我大好几岁。大孩子向来是不屑跟小孩子玩的,除非没有伴。实在无聊的时候,她会耐着性子陪我翻一会儿毛线,把她刚从学校学会的新花样教给我,两三遍我不会,她就生气地把毛线扔了,不顾我哭着喊着求她,再教我一盘嘛,红儿姐姐。

小时候有很长一段时间住在她家。外公外婆、舅舅舅妈、表姐表哥,还有未出嫁的六姨,一大家子,拖上我这个小油瓶。父亲早逝,母亲要去瓷砖厂上班挣工钱。我没有人带,寄养在外公外婆家。脏兮兮的小孩儿,夏天常常是光着上身只穿个裤衩,为了不长虱子,头发总是剃成男孩儿一样的板寸。红儿姐姐不一样,她是舅舅舅妈的掌上明珠,我们家族的大小姐。

她天生一副好嗓子,收音机里的歌,她听两遍就会唱了。从小又会打扮,上中学时就穿着大红的长裙子,戴上硕大的耳环招摇过市。犹记得她夏天穿一双夹脚拖鞋,脚指甲都涂成猩红猩红的,在那个一切都是黑白色的年代,仿佛引燃炮竹的火星子。

追求她的男孩子很多,十三四岁就在学校谈起恋爱。为了让她安心学习,换了好几所学校。舅舅、舅妈提起她是又恼又疼,但那种恨恨的嗔骂当中又有种掩藏不住的得意:红儿这个疯婆子,长大了咋得了哦。

2

有那么几天不见她出门去疯了,一个人躲房间里捣鼓录音机。我趴在门缝上看一眼,被她狠狠呵斥。原来是文化馆举办青年歌手大赛,红儿姐姐不知哪里得了消息,把自己唱的歌录下来,寄了磁带去参赛。虽然没有获得名次,但明星梦从此在她心里种下了。

看她学业上无指望，舅舅托关系让她进了当时县里效益最好的玻璃厂。重活累活她干不了，便被安排负责文艺宣传。这倒是正对她的脾气，厂里搞什么晚会，她总是最活跃的那一个。有一年国庆节跟着她去厂里看演出，纷乱的人群当中，她帮我找个位置坐下，便风风火火地跑走了。一会儿幕布拉开，是她穿着过长的旗袍，光芒四射地站在舞台中央。那场晚会她既是主持人又是歌手，一些革命歌曲也被她唱得风情万种。

九十年代初，小县城里突然开起了好多的歌厅舞厅，满大街的人似乎都从睡梦中醒过来似的，陷入一种集体兴奋和狂欢当中。在这种潮流面前，爱唱爱跳的红儿姐姐当然是最踊跃的那一拨，她要辞掉国营厂的工作，跟朋友合伙开歌厅。舅舅、舅妈当然不同意，好不容易得来的铁饭碗就这么被她抛弃了？但她哪里会听：总不可能跟你们一样，一辈子就老死在厂里嘛！一句话气得舅妈咬紧了牙齿，扬起的手差一点要打下去。

那时候电视里正热播各种港台剧，什么《我本善良》什么《笑看风云》，还有一群美女主演的《我和春天有个约会》。每看一部，我都把女主角想象成是红儿姐姐，感觉她的生活比电视里还要精彩。

歌厅没开多久，她跟着一帮朋友去了成都。此后的好几年时间，她没有给家里来一个电话，就像人间蒸发了一般。我那时候已上中学，被沉闷的学业压得透不过气的时候，就幻想着她有一天出现在我们校门口，头一偏说，走，姐带你去外面玩。

果然有一天，她突然回到老家，穿着最时髦的长呢大衣，戴着夸张的红色假发，像当时电视里才能见到的港星降临。舅妈一边骂疯婆子，你还晓得回来呀，一边却高兴得快要哭出来。

她这一副做派让舅舅、舅妈总是念叨，你穿成这样像什么样子哦。她晚上便不在家里住，而是住到县城的招待所里。晚上去KTV玩，也偷偷把我带着。那是我第一次走进"那种地方"，灯光忽明忽暗地闪着，我头昏脑涨，心跳得咚咚响，挨在她身边不知道该站还是坐。她看我紧张局促的样子，和她的同伴们哈哈大笑，说以后要多跟我出来"操社会"，省得变成书呆子。她跟我说，这回回来是要办签证的，她准备去日本发展了。原来在消失的几年里，她跟着一个民间的演出团体从成都到了福建。那是我此前听都没听过的地方，据说就在大海边，海对面就是台湾，有课本中的"日月潭"。她先是在一间叫"台湾饭店"的夜总会里当驻唱歌手，说有时候唱一首歌就可以挣两百块。一位日本客人很欣赏她，要带她去当专业歌手……她坐在招待所的床上一边抽烟，一边跟我讲这些，头半仰着，眼睛里闪烁着波光。

后来不知什么原因没去成日本，但并不妨碍她在家乡成为一个传奇。她从小的明星梦似乎已经很接近了，在亲戚与邻里的传说当中，她唱歌的舞台上空飘着钞票，伸手一抓就是一大把。

3

再后来,她打电话回来说要结婚了,是在唱歌的饭店认识的一个造型师,比她小两三岁,但长得很帅。她电话里特别强调,你姐夫帅得很哦,人家都说他像《天地豪情》里的罗嘉良!舅舅、舅妈对这个女儿不时做出的出格举动早已习以为常,但总想着有一天她会回到老家,找个归宿,心就能安分下来,哪里想到她一下子就把终身托付给了一个他们见都没见过的异乡男人。而且福州离老家那么远,一千多公里啊,这对于没有出过县城的舅舅、舅妈来说简直就是天涯海角。为了表示他们的不满,他们拒绝参加红儿姐姐的婚礼,家里的亲戚也都不准去。

红儿姐姐又从我们的生活中消失了,好几年没她的消息。

突然有一天,接到她的电话,说她在成都,带着女儿回来看外公外婆。我当时在成都一边打工,一边上学,得知她回来,当然要去看她。她就住在车站旁的一家酒店里,我敲门时她刚洗过头发,正用毛巾使劲儿地擦拭头上的水滴,没有浓艳的妆容,脚上穿着拖鞋,原本高挑的个子一下子变得小小的。女儿坐在床铺上呀呀呀地叫着,我惊觉她已经是一个妇人了。

我问她怎么突然一个人带着女儿回来了,也没提前说一声。她支支吾吾,直到后来她的老公打来电话,二人在电话里不断拉扯。原来红儿姐姐用自己的积蓄资助那个长得很帅的男人盘下了一间小店铺,同时她也把自己变成了男人背后的女人,除了负责给店里员工们买菜做饭,还要兼收银、打扫,忙不过来的时候也要帮客人洗头、卷发。即便这样,她也甘之如饴,但使她不能忍受的是,那个很帅的男人,总时不时地和店里的小妹暧昧一下……

4

真正走进她的生活,是我在成都结束了一段莫名的恋情,以及换了诸多工作都不满意后,我在电话里跟她抱怨。她说,要不你来我这边吧,你来了,我们可以一起出去找工作。

从成都到福州,当我坐了四十几个小时的慢火车,走出站台时,她和一众人群挤在那个接站的地方。我没有认出她,直到她用我熟悉的烟嗓大声喊着我的名字。我永远记得她穿一件黑色的鸡心领毛衣、牛仔裤、平底鞋,难得一见的宽和温暖。出租车载着我们在狭窄而拥挤的小巷道里绕来绕去,最后在一栋很旧的居民楼前停下来,她指了指那间晾满了毛巾和一节一节腊肠的阳台说,喏,那就是我们住的地方。

在她家借住的这些日子,我目睹了她如何把自己变成彻头彻尾的家庭主妇。她每天睡到九点、十点起床,穿着睡衣到楼下的生鲜超市买回一大包肉和菜。老公店里十来号人的餐食,她一个人包办。为了方便,她就把菜啊肉啊,通通堆到地板上,一边抽烟一边收拾。两三岁的女儿就坐在不远的地板上玩耍,看电视。有时候嚷嚷要拉屎撒尿了,她就从厕所里拿出儿童用的坐便器,把女儿提起来往上一撅,回过头接着再收拾手上的活计。等到忙完这些,员工们回来吃饭了,她便往那个从洗脚店里搬回来的旧沙发上一躺,一动不动地看她的电视剧。

对于这日复一日的生活,红儿姐姐也感到厌倦,她说,我不想在家里给他们当煮饭婆了,我跟着你一起去外面找点事做吧。但说归说,她仍旧每日买菜,煮饭,洗碗,看电视……你姐夫说我没用,出去找不到工作的,没上过大学,不会电脑,又不会开车,难不成还要跑去夜总会唱歌?这年龄唱是唱不了了,只能去当妈咪!说完她自己放声大笑起来。然后指着我说:倒是你,你不要像我一样,你是我们家读书读得最多的,你该找个像样的工作。

为了把我包装成她心目中女白领的形象,她领着我去附近的商场买衣服。距离她家一两公里的商贸城是她经常去逛的地方,那是便宜的、款式新颖的女装批发市场,她会为了十块二十块的差价拉着我看了一家又一家,不停地跟老板还价。有时候试完了没买,老板脸色就很难看,在我们身后碎碎念叨,买不起就不要试!我很不服气,要去跟老板吵架。她拉着我赶紧走,说算了算了。

美发店生意时好时坏,最困难的时候,红儿姐姐把结婚时买的戒指、耳环、项链都拿去卖了交房租,甚至找以前唱歌时认识的朋友借高利贷周转。这样的日子持续了好几年,终于阴差阳错,因为早年在城郊首付的一套房子一直无钱装修,房价大涨之后转手赚了几十万。

我在找到一份稳定的工作之后搬离了与她们合租的房子。偶尔她会打电话给我,叫我去吃饭。她和老公总喜欢叫上一大拨邻居、朋友到家里吃吃喝喝,这时候她大秀厨艺,口水鸡、酸菜鱼、回锅肉、毛血旺……多年来在厨房练就的川菜手艺为她找回自信。她招呼应对，谈笑风生，维护着一个客厅女主人的主角光环。可在那些热闹与喧腾过后，常常只剩她一个人面对满屋子的杯盘狼藉。我站起来要收拾，她懒懒地坐着，把烟灰弹在吃剩的菜碟子里，有些呆滞地看着我说，慌啥子，我还没吃呢。于是我坐下来，陪她一起挑几片剩菜吃。

这样的聚会我越来越少参与，同在一个城市，我们之间见面也越来越少了。

后来她老公将卖房赚来的钱投到股市，一开始似乎赚了几百万，索性把理发店的生意转让了，全身心地投入这个钱生钱的游戏当中。红儿姐姐也终于从厨房的油烟中解放出来，不用每天煮十几个人的饭了。那段时间她迷上了网络，天天在网吧待到十一二点。之后的事便是大家都熟知的，一场至今都没能回暖的"史诗级"的股灾席卷而来，吞噬了好多人的发财梦。他们所有的钱也打了水漂，还欠下一大堆银子。曾经一起吃饭喝酒的朋友，都不见了，两人的婚姻也耗到了尽头，生活又退回到刚开始的样子。红儿姐姐跟一个网上认识的男人继续漂泊，有时候在大山里帮工程队煮饭，有时候又在沿海的酒店里当服务员，但她在朋友圈里晒出来的永远是她活色生香的样子。

5

我常常想起小时候在红儿姐姐家过暑假，她家有喝不完的汽水，橙色的、绿色的，各种口味，装在细腰的玻璃瓶里，一整箱一整箱堆在墙角,那是舅舅的玻璃厂发放的消暑福利。我曾无数次眼巴巴地望着,觉得长大后的理想生活就是可以畅饮这些有颜色的汽水。红儿姐姐总是随手抽出一瓶,咬开瓶盖儿,喝两口就放一边。那些燠热的傍晚,她总爱坐在门口的洗衣板上唱歌,一首接一首,像开一场个人演唱会。"是否,这次你将真的离开我……""走吧,走吧,人总要学着自己长大……"那时候她正拥有明晃晃的青春,却总喜欢唱一些哀伤的歌,故意将哭腔拖得长长的,仿佛历经沧桑。现在去KTV,她仍然爱点一些闽南语的老歌,那些充满了负气与怨怼的苦情歌,她唱起来别有一番意味。她偶尔还会说起年轻时在酒吧里驻唱的事,讲某个可怜又好色的老头子被她们用胶带绑在椅子上,搜光了口袋里的钞票拿去买酒喝。她每次说起来嘎嘎大笑,笑得仰过头去,又忽然止住,仿佛想起了什么似的,叹一口气。

种花人

1

凌晨五点不到,电话响了两声,又断掉。

迷迷糊糊中拿起来瞅一眼,竟是来自孩子爷爷的号码,瞌睡一下子被吓跑,这么早,怕是有什么事吧。赶紧推醒熟睡的先生,回拨过去。有点笨拙又有点歉疚的声音:哦,没什么。我在树上采青梅,不小心摁到了,没事。

揪着的心一下子放下来,却再也睡不着。

2

五月了,老家的青梅已经成熟,那婴儿拳头大小的、长满细白绒毛的小浆果既让人爱又让人愁。爱的是,它那么乖巧,每年灿烂的花季之后喷点农药便自顾自地长大,像个懂事的孩子不再需要大人费力,便一颗颗成熟饱满,挂满枝头,等着被商家收购去,将它体内的浓烈张扬的酸味调配中和,制成香醇的青梅酒、青梅醋、青梅干、青梅糖……愁的是,这满树的小果子又不是那么轻易就滚进了农人的箩筐,它们虽然乖巧可爱,但生长养育它们的青梅树,枝条高扬,需要搭木梯攀爬采摘,树干树枝上全是刺。于是,初夏五月,这东南地区的漫长的酷暑刚要显示它的威严的时候,采摘青梅就成了老家人最为头疼的差事。因为在老家乡下,已经没有青壮年愿意守着这青梅林讨生活,只有舍不得梅子掉落腐烂的老人,还冒着摔伤的危险爬上树去采摘。

老家永泰是青梅之乡,每年腊月前后,梅花开遍山野。此时去永泰,驾车由省道沿着碧水悠悠的大樟溪逆流而上,进入塘前境内,路两边高高低低的山坡上就如同漫天白雪刚下过一般,茫茫一片香雪海。及至葛岭,那白就更浓重,更迫近,花枝密密匝匝地从车窗边拂过,哗哗啦啦地响。从各地赶来永泰赏花的游客成群结队,一路惊叹一路流连——这真是人间仙境啊,好羡慕那些住在花海中的人。

我的家就在这花海当中。

准确地说是我的婆家,就在这花海当中。

3

从葛岭的台口,过小桥,沿着台口溪蜿蜒而上,青梅林中的小道一路通往山顶。那一个叫"松岩"的小村庄,如今仅剩几户人家的小村庄,便是我的家。

我的公公婆婆——孩子的爷爷奶奶,便是种花人。这漫山的梅林是他们一棵一棵亲手种下的。他们是这片花海的主人，也是这个村庄当中为数不多的坚守的农民。

我所认识的种花人——孩子的爷爷，八九岁时因为家中兄弟姐妹太多，养不起，被父母送给了邻县闽清的一户人家。但隔了没几天，他竟沿着记忆中的山路自己走了回来。从永泰葛岭到闽清，几十公里，当时没有车，全是山路，没有人知道一个不到十岁的孩子是凭着怎样的勇气和坚持走完那漫长的回家之路；也没有人能明白，在这段漫长旅途中他内心经历了什么。我们也不敢向他打听，幼时的心灵所遭受的苦楚大概是谁也不会忘记，但谁也不愿意提起的。

于是，在这种贫困的压迫下，他随父亲进山烧过炭，帮着木材商人在大樟溪奔流的波涛中放过木排，那都是用命去换得一口饭吃；后来以换亲的方式与孩子的奶奶组成了家庭。两个人面对着永泰山中的崇山峻岭和种不出粮食的荒山，开始了辛苦的开荒种树的历程。"开荒，种树"，多么简单的两个词，可只有翻越过那些高耸的山坡，赤脚踏过满是芒草荆棘的荒山，才知道这其中的艰辛。然后种下一棵棵果树，青梅、板栗、柑橘、柿子、枇杷……等待树上长出一切可以填饱肚子、可以换成钱的东西。

曾经有一年，公公在采摘青梅的时候从树上跌落下来，脖颈和背上的骨头都摔裂了。我们都吓坏了，尤其是他的妻子——孩子的奶奶，吓得一直哭泣。而老人躺在病床上所说的话竟然是：我没事，你们要勇敢一点。"勇敢"，这个为了照顾我，让我听懂的永泰话里所没有的词汇从他口中说出来，有着多么真切的力量。此后经过漫长的治疗与恢复,这个七十岁的老人又强健如初。看到青梅果子挂满枝头,他又不顾家人劝阻,在凌晨五点不到的时候,爬上树去采青梅。

4

因为长期从事农活,老人的手掌比很多人都要粗大,掌部几乎长成了四方形。

这双手除了侍弄青梅、柑橘、柚子、柿子、橄榄等等果树,还什么都种,花生、地瓜、红豆、芝麻、黄豆、百香果、香蕉、板栗、茶油、青菜,甚至不属于这个地方出产的棉花、油菜……几乎我们能想到的、可以吃可以用的东西都种。这一片神奇的土地在他们看起来是无所不能的。

因为有干不完的活,他们总是每天早晨四五点就起床,烧火煮早餐。用柴火灶煨一锅既不是干饭也不是稀粥的浓稠的米饭,顶饿,又不浪费粮食。吃完出去好好地干一通农活,太阳就要发威了。亚热带的阳光是很毒辣的。永泰又是山区,阳光无遮无挡,不依不饶。如果睡到日上三竿,那一天是什么也干不了的。

农活干完,两个人便收拾家中卫生,归整农具。婆婆洗衣服,即使买了洗衣机也很少用。她仍旧坚持用搓衣板在水池里狠狠地揉搓,狠狠地刷,仿佛只有这样才洗得干净。公公也不闲着,帮着打扫卫生。那幢老旧的两层小楼的每一处地板、每一处栏杆,都擦洗得没有一丝尘土,赤脚踩上去,让人心安。

晚餐是一天中最轻闲的时刻。我回到老家,最喜欢的位置是老灶前的小木凳。尤其在冬日,灶膛里的柴火噼里啪啦燃烧着,两个老人就在厨房一边准备晚饭一边聊天,有一搭没一搭地。我虽听不大懂他们说的本地话,但感觉两个人这么过了一辈子居然还有话讲,这日子还是过得。

闲下来的日子,婆婆带着我和先生——他唯一的儿子——去山里查看橘树林,指给我们看哪些是自家的,哪些是邻居家的。一边走一边说:等我们做不动了,都是你们的了。别到时候自家的地在哪里都找不着。她一路走在熟悉的土地上,像一个女王一般富有,一般自信。她弯腰穿过青梅花林,花枝横斜着,交织着,为她架设出一条开满花的走廊。我在后面偷偷用手机拍照。对于这些开满花的树,我以为她已经太过熟悉没有感觉了,没想到她突然回过头,用夹杂着永泰方言的普通话跟我说:你看,雅(真)好看!雅漂亮!然后蹲下来在一棵低矮的金橘前面,说:看,这是我去年种的新品种,沙糖橘。她一连摘了好几颗,红亮亮的,叫我们尝,急切地问怎么样,是不是好甜?

实际上刚摘下来的还没收过水的金橘还有些酸味,特有的芬芳甚至是刺鼻的,但新鲜极了,有着从泥土地窜出来的浓烈的橘子味道。许是太久没有吃过这刚从地里摘下的果子,我竟然无法回答出她期待的"好甜好甜",竟然说,还有一点点酸啊老妈。她一下子失望起来,笑着骂我,城里待久了,口味也养坏了,吃不出好东西。

5

一代人有一代人对于人生的规划和想象。先生的二姐远嫁到台湾,她用这种方式改变着自己的人生,走出了农村,甚至想着改变父母的人生。她不止一次希望二老可以走出这个村庄,到外面的世界去看一看,为两个老人办好了通行证,要带他们到遥远的从未到过的海峡对岸。他们却一直没有去。在寸土寸金的台北,有一所自己的公寓已经是很艰难的事情,他们总是想着女儿生活不容易,担心去了以后给孩子们再添麻烦。只是每年一有亲友从台湾回到福州,都会托他们捎带去老家产的茶油、蜂蜜、柿饼、李干。

而近在咫尺的福州,两个老人也一年来不了一次。婆婆不大会讲普通话,也不会坐车,一上车就头晕,呕吐。从生理上来说这其实也是可以训练和适应的,如果她愿意的话,但是她一点也不愿意。在乡下的老家,不管去哪里,她总是坐在公公的摩托车后面,两边是青山,是树林,是风,她就是这里的女主人,一切的主人,该做什么,该怎么做,饭怎么煮,时间怎么打发,心里完全有数。若万不得已到了福州,她就感觉坐立不安,手足无措,连饭也不知道怎么煮了似的,一直问我,倒几筒米?青菜这样洗吗?我笑她,老妈,你在家里怎么煮就怎么煮啊。她说,这不是家里啊。我无言以对。

每天早上我们七点起床,照顾孩子,收拾家上班,迷迷糊糊,忙忙乱乱。他们两人五点半就起来了,去大街上闲逛了一大圈,时间还没过去多少,但又不敢走远,怕迷失了回来的路。城里到处都长得一样,越看越糊涂。然后两人就在客厅坐着,开电视怕吵醒我们,就这么干坐着,等待时间咔嗒咔嗒地走过去。

这里确实不是属于他们的地方,我们不忍心为难,一段时间过后同意他们回到那个小村子,回到那片长满了青梅、李树、橄榄、柑橘的村子。他们在有的人看来,真是太保守了。是的,"保守"这两个字:保——守——保的是什么,守的又是什么呢?是内心经过深刻的比较和选择,依然坚定认同的古老的生活方式。这种坚定恐怕远远大过我们对于城市生活的坚定。

他们就这么老老实实地守着这个村子,梅树、李树、橘子树、香蕉、柿子、板栗、地瓜、青菜……靠着这些在荒山上开垦出的土地,他们养了三个孩子,还养得不错——所有的一切,不折不扣,全都来源于土地,来源于他们的双手。这些山间的干不完的农活,构成了他们人生的全部。

有一回在老家住,清晨,睡梦中被一阵说话的声音吵醒,忽远忽近。我起身从二楼的阳台望出去,头天雨水过后的雾气还没散开,远远近近还是雾蒙蒙一片。说话的声音是从远处山坳中的青梅林传来的。那是早起的公公婆婆在侍弄青梅树。儿子听到他们的声音却看不见人,只对着群山大声呼喊着依嬷——依公——依嬷——依公——他们在山谷里"嗬——嗬——"地应着,那声音穿过雾气,撞到远方的青山又弹回来,在这片小山村中一声一声地回荡着。所有的人,所有的树,所有的远山与溪流,被这声声呼喊包裹在一起。这个宁静的小村庄,因这一声声的呼唤与回应变得像一个轻摇的梦,梦里青梅花像白雪一般扑簌簌地落,落在种花人的眼里,落在种花人的心上……

和罗南一起散步

那是学校附近一条幽静的小河。吃过晚饭我们沿着河堤散步。

刚来时梅树还裸露着枝干,一朵花一片叶都没有,仿佛粗大的绳索凝固在空气中。到后来,春天一下子就到了,河的两岸好像一夜之间就被一种神秘的力量点化了,各种花朵毕毕剥剥地开。

碧桃、梅花就从光秃秃的枝干上蹿出来,像极了人工的绢花,密密匝匝,花瓣重花瓣,一片叶子也没有。紧接着,黄色的复瓣棠棣、热闹的黄刺玫都开了。这些北方的花开得太直,太硬,少了点妩媚,但我们还是忍不住赞叹,花朵都是神迹。

我们在河边散步。

她有时候接听电话,讲我听不太懂的壮族方言,每个字都硬实地往外蹦,像一颗颗圆滚滚的石子砸落下来,是砸到湿润的泥土地上那种坚硬又绵软的声音。一开始她话不多，说完一句，她腼腆地一笑，脸颊绯红。说到高兴处，她用手捂着嘴笑起来，那两串银制的流苏耳坠跟着摇来荡去，手腕上两圈粗重的银手镯碰得叮叮响。她笑起来有种奇特的妩媚和温暖，原本有些黑的皮肤被笑容融化了，变成粉色、白色，又变得绯红，一会儿都散去，那层粉还在脸上。

我们聊些什么呢？聊一些对时下热闹的"作品"的看法，两个人"密室的对话"，而此时又身在旷野。

很多时候我觉得我说得太多，太急于表达，她只要说少少的话，几句，我就很认同地点头。

她也有急切的时候，谈到一些文坛上的怪事，那些穿着透明衣服招摇的愚蠢的家伙，我们都看见了，我们都有疑惑，聊起来彼此的怀疑得到印证的时候，她就很激动，原本挽着我的手在我手臂上用力地捏一下，我们之间的交流又贴近了许多。

我们有时也走别的路，过天桥从未来广场沿着安苑路一直走到奥体中心。来回两个多小时，看一看夜幕下发着光的庞大的建筑，〇八年奥运会留下来的鸟巢与水立方，在广场上吹吹风，再往回走。两个多小时有聊不完的话题，竟然也不觉得漫长和疲累。

她来北京就带了一双很老气的黑皮鞋，穿着这双黑色方跟皮鞋，我们一起走遍了大半个北京。我说你为什么不多买一双，她讷讷地说，不用买了，这一双就得。"得"是她语言中出现最多的词，相当于"可以、好、没问题"。

她完全没有方位感,即便在校内听个讲座,也会在为数不多的几幢大楼里打转,最后总能选择错误的一幢闯进去。所以看到我在朋友圈里晒出一个人去地坛公园闲逛的时候,她忍不住"满怀钦佩地发私信求带"。——是的,这是她后来说的会跟我认识的很重要的理由。

其实我也是"路痴",但是我不怕走错。陌生的城市,所有的地方都是新鲜的,去哪里并没有差别。尤其一个人瞎逛的时候,走错路并不会让我感到恐慌,将错就错,都是风景。我常常一个人跳上文学院门口的409路公交车,跟打扮得花枝招展的退休老太太们挤着坐在硬得像铁板一般的座椅上,听他们用地道的北京话唠嗑,听那个嘴里含着枣儿似的胖胖的公交车乘务员呜啦呜啦地报出我永远听不全的站名儿:南锣鼓巷、什刹海、白塔寺、鲁迅博物馆……有的时候线路太顺了,我便提前一两站下车,多走一些路,穿到小巷子里,看那些隐藏于光鲜的旅游景区之外的真正居民区里的生活:密匝匝堆在门口的电动车、三轮车,卖廉价水果的小店,摆在地上贩卖的蔬菜摊,以及坐在四合院门口石凳上聊天的本地人和外地人,他们是这个城市更真实的部分,让行走其间的我也更加自在。

有了罗南做伴儿以后,我似乎对于出行这件事更加雀跃,一到周末便想着哪些地方可以去看看。我只要在微信里一叫,她准会说"得",于是我们就去。

去春日的颐和园,我俩买了票从北门进入,从山上走到湖边,一面说话一面逛,竟然不知不觉跟着人流从东门出了景区。反应过来再想进去,已经不得,于是两人坐在公园门口的石阶上喝完两瓶酸奶,再掏钱买两张门票,继续走完剩下的一大半儿。

下着蒙蒙细雨的初夏,我们去植物园看睡莲。她站在水边望着远方香山的剪影被我抓拍下来,白色的连衣裙被风吹得鼓起来,像日系漫画里的少女。我很为自己的摄影技术得意,一边走一边嚷着好美啊好美。

但其实初见她时的印象并不是那么美的、好看的,她总说自己来自边远的小县城,局促和羞涩常常表现在脸上。尤其刚认识的时候,她一说话脸就红了,非常的红。但是相熟了以后,越来越自在,越来越散发出一种特别的韵味来了,既有壮族女人身上的朴实笨拙的美,又有一种发自内心的坚定与自持的美。

跟我的快人快语不同,她讷于言,而敏于笔端。她把所有一时半会儿想不明白的东西在内心不断反刍,深思熟虑甚至绞尽脑汁后才诉诸笔端。于是她笔下的文字像钉子锲进去似的,一个也动不得。

在她的文章里,她幼时生活的山逻街和在这条街上生活的人——父亲、母亲、姨婆、卖草药的伯父、叫娅番的女邻居……以及藏在所有这些人身后那个小小的瘦瘦的、笨拙又孤独的童年的自己都鲜活地站立起来。她在写作中不断地去回看这些人,去审视,去追寻,借由他们的生命,她窥见了一些属于"人"的真相。直到现在,她内心深处依然如幼时一般:胆小、害羞,仍然有无法驱赶的孤独,但同时,她已经学会坦然地去面对这孤独。

有时对比她的坚实,我感到自己语言和文字的轻佻,我在她面前有点沮丧了。她说,我很喜欢你述说的腔调,我们都应该坚持自己所擅长的。她这话又给我一点点勇气。但是她也毫不留情地指出我写得不好的篇章,直言道,你这个没写好,再写!再改!在我已经厌倦放弃的时候她总说,不要放弃,一定要写,不破楼兰终不还。

有时候我们不外出,就在文学馆和鲁院之间的小广场一圈一圈地走。从我们刚到北京时的光秃秃的枝干刺向天空的小树林走到后来满园繁花开遍,再到夏天梅子杏子以及血红的桑葚落满一地,我们在楼下的小花园以及现代文学馆各馆之间的空地上不知转了多少圈,一边走一边闲聊,真奇怪啊,哪有那么多话可说呢……

直到鲁院几个月的学习生活结束过后,退回各自的生活,我们仍然有聊不完的话题。在微信里讨论时事、写作,交流彼此的日常,每天不断。常常在我面对着电脑发呆的时候,她正去往山村贫困户的山路上。那些不通公路的地方,她和他的同事们用脚翻越。她发给我照片,燠热的夏季,也要用灰黑色的棉纺布工装把自己裹起来,像个特种兵一般。她去到当地村民的家中,和壮族老妇合影,手臂上裸露的地方被蚊虫叮得满是大包,厚重的登山鞋张大了嘴巴。她大笑着拍给我看……那一对左右摇晃的流苏大耳坠不见了,但手腕上两只粗重的银镯子似乎隔着照片还碰得叮叮响。

我又想起我们饭后散步在护城河边——从外经贸大学门口

的小吃街穿过,就是元大都遗址公园,我们从公园的某个入口进去,沿着护城河走一段再从对岸折回,全程一个多小时。有一天,几个人蹲在河沿看着什么稀奇的事儿,我和罗南也围过去。原来是有人在放生鱼苗,但刚放入水里的小鱼儿还不懂自由游走,它们习惯了停留,有的又被河底的水草缠住动弹不得。有个跑步的中年男人捡了枯枝去拨动水草。罗南一直呆呆地蹲在那里瞧了半天,直到被水草缠住的鱼儿一只一只都挣脱了,随着流水往前游去,她还忍不住跟着鱼群游动的方向走了好长一段,再兴兴头头地小跑回来,脸上红扑扑地笑着。我们都觉得很高兴,仿佛这小小的困顿与解放都跟我们有关。

辑二　花事

……想着我不短的前半生总是受困于世间这些微小的美好事物,生命像发光的鳞片,从指尖流逝,而时间,这条看不见的细线总是牵引我,不断地误入歧途。

花　事

不可避免地，谈到鲁院的花。

我们在三月进入鲁院，她开给我们满院的白玉兰，一片灿烂的白，高扬于枝头。同学说"自带春风入京华"，不是的，我从潮湿的南国福州来，带来的是连绵半个多月的春雨，一身的湿冷，从南到北，以为即将进入一个更加寒冷的地带。

来到才发现，这里更像南国。烈焰当空的晴日，院子里大朵的白玉兰，像点亮的无数的灯，在门口站成一整排。体型硕大的喜鹊，整整比南方的喜鹊大上一倍，拖着长尾在高大的玉兰树与枝杈茂盛的杨树间飞来飞去，胆大而喧闹。

玉兰花只是三月的序曲，后面还有待开的梅花。

梅花啊，南国的梅花不是在年前就开过了吗？这里的梅花才开始含苞。最先开放的是垂枝梅，单瓣的花朵，低头向下。个子不高，枝条全都下垂着，开出的花朵也是向下。要拍好一朵梅花可不容易，必须要蹲下来，贴近大地，用一种仰视的姿态才能欣赏到她的美。慢慢开的还有像碧桃一般艳丽繁复的红梅白梅。她们有着美好的名字：美人梅、人面桃花梅、燕杏梅、白蝴蝶梅……香得一塌糊涂。尤其是夜晚，风一吹，那香味儿就更加浓烈，以至于我和同学们在花下遇见，总像个傻子似的，重复着"好香啊！好香啊"这样的废话。

　　以为高潮就是梅花了，谁知道还有杏花、李花以及梨花。她们开得太热烈，如烟花在空中嘭嘭嘭地炸开；又太隆重，不是一朵一朵、一枝一枝，而是一簇一簇、一团一团，使人担心花枝要被压断了。尤其是篮球场旁边那三棵高大的樱花，三层楼高的花枝啊，一夜之间全部绽放了，耀眼的白。你必须走近她，仰望她，不要手机拍，手机怎么拍得出她的艳丽与壮观呢？要用眼睛看，一朵一朵看啊，每一朵都完美，每一朵都发着光。

　　你以为这就完了吗？不妨再绕到文学馆的门口，那里两株对称的海棠正积蓄着力量呢。粉红的半透明的花瓣已经微微开出来几朵了，大多数的花苞还藏在嫩绿的枝叶当中，点点丹心最是动人。她们说，慢慢来，春光无限啊，我们慢慢开。

　　我在想，是不是北方的冬天特别的寒冷，以至于荒芜了一整个冬季的花树都攒足了劲儿，报复似的要在春光中用力地绽放。她们可不像南方的树木有些慵懒地不经意地开，她们就是要大刺刺地开，疯狂地开，舒展了所有的枝条与气息，用尽全力地开，仿佛舞台上所有的女高音铆足了劲儿，唱出高八度的嗨C，把屋顶给掀了才痛快。所以，你看呵，她们的体格也比南方的花树大一些，动不动就长到两三层楼高，难怪穿行其间的喜鹊也变得大只了。

　　我奇怪,这些花在气候温润的福州不是都开过了吗?乌山顶的梅花,森林公园的樱花,永泰乡下的梨花、李花,还有闽江南岸大片的杏花,她们在我来之前已经开放了呀。那些雨季丰沛的冬季里,我曾经踩着湿漉漉的小径去寻访她们,长久地站在花下凝视和陪伴过她们。我确信这不是我的错觉,我还能从手机相册里翻出各种带着露水和寒气的花瓣儿。那同样的花种为什么到了北京又全都再开一次呢?

　　从福州到北京,一千八百多公里,慢火车要十五个小时,途经了许多我分不清界线的土地。我曾经站在车窗口被连续的漫无边际的平原和枯枝一般的杨树弄得烦躁无比,以为一路向北将越走越荒凉,甚至火车开到一半的时候就有些打退堂鼓了,开始想念那个温润的花草丰茂的东南之境。然而当我拖着硕大的箱子一路从火车站转地铁再搭的士终于从鲁院的东门进入这个院子时,满院盛开的白玉兰把傍晚灰黑的天空点亮,那些在夜晚尚未露出真容,只闻到阵阵香气的梅花,用一种含蓄又充满了诱惑的方式,问候和安慰着这个远道而来的旅人。

　　于是接下来的日子,我们就常常流连于花树之下,被不断绽放的花朵吸引,用匮乏而重复的惊叹来赞美这盛大的花事。我又像回到了南方一样,着迷于这些植物的千姿百态,甚至在某天散步的清晨,为捡到的两棵松果和不知名的像花朵一般形状的果核,感到一种隐秘的欣喜与充实。我把她们统统带回来,堆在书桌上。那一堆果核就是一个故事。于是

我在某个看完花的下午,坐在电脑前发了一会儿呆,当窗外的蔚蓝晴空慢慢变成暮色,我终于写下了几句话:

1
"韭菜长了,这个春天不便出门"
在园子侍弄菜地的妇人说出春风一样的句子
她使我得到了一种启示
此刻的春天和亿万年前的春天一样
明媚的眸子里长满青草

2
从南国到北地
一株梅花翻越了三月
开了就再开
踏错时序的女人
由此拥有两个春天

3
耳畔有窸窸窣窣的声音
漫延　汹涌
有如潮水
又低于幼小的虫鸣
她喊一声"自由"
万物就此苏醒
……

有一条溪叫作"磨溪"

从春节到清明,福州这个东南小城有下不完的雨。有时是小雨,淅淅沥沥,把明清古巷里青石板淋得油铮铮地发亮,石板缝儿里的小青草就一簇一簇地拼命往外钻;有时是暴雨,就偏偏在你上班下班的路上开始下,像是有人用盆子往下泼似的,哗啦哗啦,从老房子一条一条的青瓦槽里往下流淌,粗暴地打在天井的蕉叶上,让人心疼这小小的植物怎么经受得起。

这春日的雨,不仅落在古色古香的坊巷民居当中,也不光落在车来车往的城市马路上,它也落在虫鸣鸟叫的山林里。

那些大大小小的山涧,经过了一个冬季的干枯与沉寂,此时都苏醒了过来。一场雨怎么够呢?要下好多场雨。这些雨水浸润进干涸的土地,让每一粒泥土都湿润饱满起来。雨还继续下,直到泥土喝足了,多余的水再漫溢出来,顺着山涧一直流,顺着岩石一直流,流成一条一条晶莹发光的瀑布。

此时去鼓山，主道两旁的登山古道上，有沿途的小溪流已经漫过了路边。带上孩子，溯溪而行，一边走一边可以听到淙淙的水声，时大时小。山上的山樱花也开了，有的花瓣风一吹就飘落到透明的水面上，悠悠扬扬地打着旋儿，像在表演一场关于离别的舞蹈。

但想必此时去鼓山的人太多，山林间难免喧闹，不如去"磨溪"。

"磨"字那么笨重，溪水那么轻快，怎么会有一条溪的名字叫"磨溪"呢？

那是因为在不知道是一百年还是两百年前，这条窄小的登山道上，曾经有一座石磨坊，沿途相伴的小溪流便是磨坊的动力来源。如今磨坊已经废弃了，只剩半拉子断壁残垣横在半路上。而这条小溪便有了一个名字——磨溪。它在鼓山靠近马尾的另一面，访者寥寥。正是这寥寥，令我有种可以独享的隐秘的欣喜。

我太喜欢它了，但说起来又觉得词穷。喜欢它什么呢？又不是名山大川，也没有高塔古寺，它就是一个少有人至的荒野山涧。哦，大概正是喜欢它充满了山野的生气。

知道它的人很少，即使是福州马尾的当地人估计也不一定都听过，即便听过它的名字，真正去过的人也很少。这条小溪是隐秘的所在。

它的入口藏于鼓山往马尾方向一个不起眼的村子，一条小山路通往山上。小路不太陡峭，路面长满杂草和野花，婆婆纳、点地梅、野芝麻、紫云英、石斑木、半夏，以及许多叫不出名字的小花。

溪伴着路，路伴着溪，一直蜿蜒上升。走到一两公里处会见到一个小水库，春天几场雨过后，蓄满蓝莹莹的一池春水。那水晶莹地蓝着，泛着钻石般的光芒。池边半是青翠高大的树木，半是飘摇的苇草，让人想起九寨沟的海子。

再往上走，小路曲折。转一个弯，眼前景致为之一变。细小的溪流一下子阔大起来，上游流下来的溪水在这里被一滩乱石挡了一下，淌成一股深潭。潭中乱石堆叠出图画一般的效果，有的小如鹅卵，有的大如门墩，更大的一人多高，光滑、干净，人随便爬上去，躺在上面或几个人围坐，就是绝佳的天然茶桌了。

我们一家三口常常在这个季节带上一大壶开水、几泡茶叶，往溪边去。走到平坦的可以歇脚的地方了，坐下来摊开茶巾，保温壶里的水还开着。冲上一杯茶，慢慢喝吧。此时雨水也停了，三四月的阳光尚温暖不灼人，可以在这暖阳下打个盹。孩子嘛就不会老实休息啦，他捡根树枝往水里扔，捡颗石子儿往水里扔，那些小水潭便温柔地带走了他的树叶和枯枝。他再接着寻找可以投入水里的东西。他就这么玩着单调的游戏，认真的小脸上表情专注而用力，仿佛在做一件多么伟大的工作。

那水清极了，透出溪底的细纱和鱼苗，以及杂草。水的颜色有时是冰一样洁白的，有时又是茶汤一样带一点琥珀色的，有时候印上落叶、花瓣，变成绿色、粉色。如果是正午，水还不浸人，便可以脱了袜子，挽起裤脚踩进去，做一次短途的亲水之旅。

再继续走，磨溪还有很长的一段，可以一直连接到鼓山。偶尔会有徒步者从鼓山的白云洞穿越过来，他们挂着专业的登山杖，背着巨大的登山包，风尘仆仆地从遥远的地方走过来，好像苦行僧一般脚不停歇。我总是忍不住向他们打招呼，询问这一路上还有多少好景致。但春日的阳光是多么短暂啊，我们常常耽溺于这小潭边的亲水游戏，或是躺在温暖的乱石边打个盹。天就要阴沉下来了，于是不得不收拾东西往山下走，那些徒步者所描述的山色就成了我迟迟到不了的远方。

想着我不短的前半生总是受困于世间这些微小的美好事物，生命像发光的鳞片，从指尖流逝，而时间，这条看不见的细线总是牵引我，不断地误入歧途。这歧途里也包括了磨溪在内的无数条不曾知道名字的小溪——有时怅惘，有时又觉得无比充实。

古　渡

后来我们还是去了那个河岸的尽头。

沿着长长的河堤。

那里有最宽阔的水面，水面上横生着榕树的枝桠。两棵很老很老的榕树守护着这一片河滩。一千年了。

一千年是个什么概念我搞不清楚，只在那一天早上的清晨，我们跑过漫长的河滩，来到这里，在树下，在鹅卵石砌好的河滩上坐下来。

静静看着溪水和对面的青山的影子晃晃悠悠地流过。

这真是个发呆的好地方。

有两个妇女在溪中浣衣，背对着我们，蹲在水边用力地搓洗，然后拧干。

我有点怀疑，昨晚大雨，这溪水有些浑黄，能否淘尽衣上的污垢？

但乡民们似乎没有这种怀疑,他们一个个地沿着溪水三三两两分布着,流动的溪水总能带走尘埃。

我一会儿叫它"溪",一会儿又叫它"河",事实上我也分不清溪流和河流的差别。溪水更加细小更加清澈更加跳跃吧,而这片河面宽阔,平展,不太急也不太缓,听得见哗哗的水声,但它的名字又是"大樟溪"。大樟溪,与一位过早逝去的诗人同名。我也是后来才知道那位诗人本来的名字叫"大樟",一位优秀的诗人。许多人甚至还不知道他的名字,也没来得及读到他的诗。后来他的好友将他的遗作整理出来,为他出版了一本诗集,然后每年的某个日子会想到他。这是个有点悲伤的故事,但悲伤其实是轻的。时间总会冲淡一切。痛苦转成悲伤,悲伤转成忧郁,忧郁转成惋惜,惋惜转成轻叹,最后转成遗忘。我们总会遗忘……那个省略号之间的间隔会越来越远,越来越虚弱。人之常情。

这溪的名字与这位诗人的名字重合其实是巧合。二者都不知道彼此的故事,但对于介乎二者之间的人来说,却念此而想起彼,也算是一种怕被遗忘的提示吧。

其实很多朋友都是这样,走着走着就散了。

就像今早一起跑过长堤的朋友,回来的路上居然就走散了。我在古榕树下的鹅卵石滩上呆坐着,心中不免有牵挂,想着此时是等待还是离开。等待让人焦灼，时间像抻面条一样被拉长，稀释了，模糊了，显得特别长；离开，又怕她回来时我不在，会互相找，仍是焦灼。人常常处于这种两难之中，没有明确的答案与出路。还好这无关生死，甚至都无关痛痒。就在这小小的码头，走散也不至于找不回来。

错过并没有什么。在这个小小的古镇，没有人会真正的错过。况且在人人都怀揣手机的现代社会，一个按键，在世界的任何一个地方都能找到。有时候想一想，手机其实是个有伤风情的存在。

常常会想起上学时候古文老师讲"付诸洪乔"的故事。"殷洪乔作豫章郡，临去，都下人因附百许函书。既至石头，悉掷水中，因祝曰：'沉者自沉，浮者自浮，殷洪乔不能作致书邮。'"不知道为何，我非常喜欢这个故事，大概是骨子里不负责任的自由主义的基因在起作用——觉得世事就该如此"沉者自沉，浮者自浮"，不必自以为是做过多的勉强。后来看电影《海角七号》，范逸臣演的邮差，也是一个现代版的洪乔，他每天从邮局里驮了一大包邮件回来，也不去送，就躺家里睡觉听歌练习吉他，把邮件塞床底下了事。那这些信的命运呢？这些信的主人的命运呢？沉者自沉，浮者自浮吧。

这何尝不是另一种浪漫。如今社会人与人之间的牵系实在绑得太紧了，以至于人类的生活由远古的写意变成了工笔，甚至变成了高像素的写实画，精准、真实得让人害怕。

这大概也是我那么喜欢电影《聂隐娘》的原因。尤其片尾那个磨镜少年，等到由远及近的聂隐娘归来时，生出淡淡的微笑与欣喜。一个老者用近似四川或云南话的语调说：这个姑娘好信诺啊！然后是隐娘与少年共同牵马远去的漫漫长路。远山与苇草——既喜欢这种没有必然性的空茫的守候，也喜欢这种一言既出，千山万水也不能阻隔的信诺。并且二者都视为平常不过，视为理应如此——所以这是古代。所以是传奇。

嵩口这个地方总让人想起古代。
树是古老的。河流是古老的。房子是古老的。街巷也是，人也是。
一千年的古榕，不言而喻。
河流，大樟溪，不言而喻。
青山。古庙。不言而喻。

房子呢，很多人还住在明清时期修建的传统的大厝里，好几代人。奢侈的平面拓展的大院，而非向上耸立的长方形盒子。泥土墙。青瓦一片一片覆盖。一进，两进，三进，门厅，厢房，木阁楼，美人靠，半边亭，木窗上精细的雕花，抬头能看见房檐上用灰塑在讲故事，立体又生动。最最奢侈的，是出门有田园，有李子林，有青梅林，有青山和流水，就在你的眼前，就在你下台阶的地方。但是现在年轻人都出外打工了，剩下大多是老年人和孩子驻守在这些老房子里。

我们住的地方就在码头边的一座二层小楼，老房子改造的民宿。民宿主人是一位年长的姐姐，还有一条上了年纪的小狗，已经陪伴了她十余年。她经常抱着小狗站在阳台上看对面河中的一群野鸭，说它们平时就躲在岸边的竹林里。她天天没事就站在阳台上观望，看它们在母鸭的带领下沿着溪岸找食，或在水中游来游去。我笑说，真好。

可是紧接着她又说最近对岸修河堤，鸭子都惊了，快一个月没见着它们了。她甚至沿着樟溪的河岸，散步到邻近的村子，想看看能否再寻见这些野鸭子，但始终未见。偶尔有村民告诉她哪里看到一群野鸭了，她心稍微安一点。——这个故事面对面地讲出来有点矫情，我们都知道人与动物这点缘分，离别是必然的。我害怕郑重其事地去讲述这份忧伤，虽然我体会过，也不忍，因此我听一半就装作不经意地岔开了。

和我一起来的是一群写诗的朋友，我们计划和古镇里的留守儿童一起办一场诗会。孩子们是主角，他们用童稚的声音读一些诗，难免有一些会讲到离别。原来以为他们不一定懂得，但那天下午，许多坐在下面听的诗人都被这场朗诵会感动了，以至于过了好久耳边还想起他们亮晶晶的声音。那些离别他们何尝没有体会？

诗会结束后的下午，嵩口古镇的天空飘起了雨，老街的鹅卵石被淋得油亮亮的，泛着光。我拖着行李箱走在老街上，街两边吃过饭的小店主人都跟我打着招呼，要先走啊？是啊！我急匆匆地走着，因为淋着雨，但又有点离别的兴奋与不舍。同行的伙伴们还将继续在嵩口游玩两天，他们不着急走。我一个人穿过人群，好像在雨伞浮动的人潮中逆流而上。

是的，我要走的是陆路，而与我背道而驰的人们要走出古街，沿着德星楼的石梯踏阶而下，往古渡口去，等待一只即将驶出的木帆船。像一百年前出行的祖辈一样，他们将沿着大樟溪的溪水顺流而下，路过青山，路过险滩，路过沉静如画的深潭，从一座座廊桥下穿过，从一片片田野中穿过，最后到达他们要去的都市与大海。——那是一场比今日的离别恢宏得多、壮丽得多的远行，又是一场一去不复返的茫茫时间之旅。

流水之上的村庄

1

那个村庄好像就是一个小小的房子，在溪流的最上端，清澈的泉水经过她，不，就好像从她门前的长满苔藓的青石上流下来。我们要一直循着流水去找，要走很久才能找到。

这是回想中桐木村的印象。我们并没有真的徒步去寻找她。我们乘坐的村民的车，一路沿着桐木溪上行，弯弯折折，途经了小小平原的星村镇集，途经了高崎两岸的黄岗山脉，途经了一垄一垄葱茏的茶田，途经了白练一样垂下来的青龙瀑布。桐木溪亮晶晶的溪水一直伴随着我们，一起进入桐木村。

这里几乎家家户户门口都养着兰草和多肉。

我们住的民宿楼下有个小园子，老板娘夫妻俩在院子一角用细碎的鹅卵石砌了两个半月形的水池，池边层层叠叠摆满了植物：蟹爪兰、葱兰、铜钱草、金边兰，茂密的叶子垂下来，一层盖过一层。水池里的水就这么敞开了流淌着。我觉得奢侈，总想着去把水管的开关拧上。老板娘豪气地说，没事，就让它流，山泉水，流不完的。

这些清冽的山泉从高山上流下来，流经不同的山涧，汇到村子中间的小溪，再流进九曲溪，最后归入闽江。有这么好的水，几乎不用费力气，就能养出这么好的花花草草。想想北方那些缺水的干旱之地，大自然真是不公平，它对这里明显要偏心一些。

2

晚餐吃家常菜，民宿老板娘的手艺，笋干炒腊肉。薄薄的乳白色笋片，又滑又脆，像一种菌类，撒了青椒红椒粒，颜色就好看起来。家常豆腐、佛手瓜、扁豆、空心菜，都是平常极易买到的，到这里吃就特别香。我见老板娘在宽大的厨房里忙活，我问她你学过烹饪吗？她笑一笑，用南平口音很重的普通话说，没有学过，只不过我们做得多了嘛，知道客人的口味了。我炒青菜都是用猪油，当然香啦。

院子里一张竹片做成的小茶几，青竹片用桐油泡过，防腐防虫，又没有失掉青亮亮的竹的颜色。我看了真喜欢，建议就在上面吃。一条长凳，一只藤椅，翘脚吃饭。吃完饭偷偷地把小竹几搬进房间，在阳台泡茶喝。

大概是笋干吃得太多，又可能是喝了茶的缘故，晚上有点胃胀，睡不着。先生起来陪我散步。走在安静的村道上，有一两声虫子的鸣叫，两边的房子灯光都灭了，人们都睡着了，只有我俩的影子被拉得长长的。漫天的星星好像特别近,它们那么密集地散在银河中,整个夜空就像一杯调得浓稠的果汁,猕猴桃或者百香果,我仰着脖子,等它流淌进口中。

3

第二天一早我们在村子里闲逛,从村委会的楼面往里走两步,竟然还有一座天主教堂。梯形的石厝,墙面古朴又结实。我很喜欢这种巨大的不规则的石块堆砌出的感觉,两侧的彩色的玻璃窗上绘着真人一般大小的神像。坐在门口的依姆说,一到礼拜日,村里的教民们在这里做礼拜。年轻的信徒少了一些,上了年纪的人还是信的。我想起在北京西什库教堂碰上的一次周末礼拜,像一场小型音乐会,一个年轻的学生模样的男孩子用清越的声音唱着圣歌,旁边是一个小女生弹着风琴。我不信宗教,但那时感觉很美好。

和内地的一些城市不同,这些年在福建我去过很多偏远的山区和海边的小村落,几乎都能看见教堂。大概是因为比较早通商的关系。很多教堂是在十九世纪末建成的,在那种车马不通的年代,面对的又全都是语言不通的陌生人,这些传教士是怎么做到的呢?我每次都不得不感叹,人的精神的力量何其强大。

村口有个卖竹制品的中年人,拖了一车的竹编工艺品叫卖。我看他一个人费力地支起遮阳的帐篷,发现他腿有点残疾,可能是小儿麻痹症。我们上前一一询问价格,最后给小孩子买了一把竹制的弓箭和一只竹蜻蜓。他正在用小刀削的竹蜻蜓，特别的灵巧，竹片头可以衔在任何一个支点上，四片竹制的蜻蜓翅膀就颤巍巍地动起来，想要飞走的样子。

4

下午太阳还晒着的时候，孩子们要下水去玩了。我和汤圆也带上游泳圈，从河滩下去。鹅卵石被太阳晒得暖烘烘的，光脚踩上去真舒服啊。

阳光照在透明的溪水中，明晃晃的，像琥珀像碧玉像水晶，像一切透明又美丽的东西。我赤脚踩进去，有一点冰凉。汤圆开始和孩子们一起跳进水里，兴奋地扑腾着，久久不愿起来。这才是夏天的样子啊。

有猴子一串一串地结伴从对面的山林里跑下来喝水，有的母猴肚子上还吊着头光光的小猴子，它们有点发愁似的半睁着眼睛看世界。起初我和汤圆还兴奋地张大嘴巴，试图靠近一点去看猴子，到后来，猴子越来越多，我们完全习惯了它们的存在，就像不远处一起玩水的另一个家庭。我们各自安闲地享受着这冰凉的溪水，和从山顶上一阵一阵吹过来的凉风。

很多挂"赣"字头车牌的江西的车开进来，专门来桐木关看猴子。这里是国家级自然保护区，除了猴子还有很多其他珍稀动物，自然博物馆内就有云豹啊黑熊啊什么的。据说还有老虎，当然它们都藏在峡谷两岸深不可见的密林里，只有猴子跟人比较接近，它们总在下午三四点的时候下来找东西吃。有个老奶奶推个小车卖猴子吃的南瓜片，小小的塑料袋儿装着，十块钱一袋儿，好多小朋友拉了大人来买。他们怯生生地把南瓜片递到猴子面前，等猴子一把抓了吃。

有的猴子还会扭开可乐瓶，像人一样坐着仰头喝可乐。也有猴王，趴在路边等着众猴子供养。真是有气度啊，游客见了也会敬畏几分。有胆大的猴子，懒洋洋地坐在石墩上，人靠近了，它也不动，仍旧坐着，一副无所谓的样子。我想这是不是猴类当中的赢家，就像人类当中的交际家和冒险家一样，也有胆小一点的猴在对岸的树林里远远地观望，它们不愿意靠近人。我觉得我更像这些胆小的猴子一些。

到下午四五点了，游客都散了。猴子们也散了，它们回到山林里，等明天差不多的时候再来接受游客们的供给。

5

顺着河滩往下走，一片特别美的珍稀树林，真是特别美，阳光透过疏落有致的树干照在绿茸茸的草地上，甚至还能看到草尖上的露珠。没有什么人，我们走进去，每棵树挂着写有名字的小木牌，有一种叫"喜树"，还有叫"含笑"，叫"木荷"，叫"湖北算盘子"……我一个个念着它们的名字，仰起头一棵一棵地看它们的样子。有的叶子椭圆、肥厚，有的叶子细长，有的树干挺直浑圆，有的早早就分出枝干，每一棵都有着不一样的气质和容貌。我想它们如果知道人类为它们起的这些美好的名字，会欢喜吗？应该会的。

那么人呢？他们没有辜负大自然的美意，他们辛苦劳作，种茶，做茶，经营民宿。老板娘小个子，亮晶晶的大眼睛，会炒出各种可口的家常菜。中午的时候一下子来了好几拨客人，她一点不忙乱。我说我们人少，就不添乱了，等他们吃完再点吧。她说没关系，就两三个菜，一会儿就做出来了。果然十来分钟，我们的菜就上桌了，笋干炒肉、虎皮豆腐、炒扁豆……

我向她请教笋干的做法，要怎么做才能这么嫩滑。她说，这都是我自己到山上采的笋。茶采完了，有时间就去山上把笋采回来自己晒。全是选最嫩的，晒干了要吃的时候用热水泡。要先泡一天，然后用高压锅煮，煮完再泡一天。这样再炒，就一点不老了。早餐吃的馒头是她自己做的，自己揉面，发面，加红糖，形状比外面卖的小一点，做得软乎乎的，很可爱的样子。

她的丈夫正蹲在院子里清洗磨米浆的机器，准备打白粿。他用小毛刷把拆下来的零件一点点刷干净。那些大大小小的工具放在一张报纸上，摆得整整齐齐。他的三四岁的小女儿也蹲在他身边，很热切地等着爸爸使唤，乐颠颠地当个小助手。我想起我们坐她爸爸的车进村的时候，她正被姐姐牵着在路边玩，看见爸爸的车上坐着不认识的人，她有点生气了，像个男孩儿一样大叫，爸爸！然后噘起嘴。我们都笑起来。她爸爸无奈地笑着说，她才是家里的大王。

这"大王"马上要到山外面去上幼儿园了。他们一家子正在考虑是否要搬到市区。这真是个令人忧伤的话题。时代的潮流都往繁华热闹处去，就像溪水一路流向九曲溪，流向闽江，流向城市，流向大海。这村子里的年轻人也都要出去，这是必然的。那这些房子呢？这些笋呢？这些茶山呢？这些安安静静摆在家门口的兰花和多肉呢？老板娘说，再看看吧，也许我留在老家继续开民宿，他爸去城里，周末再回来，总会有办法的。她一边说一边笑着把手里的馒头掰了往嘴里放：放心，你们明年再来，还是住我这里。她笑着说，眼睛亮晶晶的。

冶　山

1

中山大厦在湖东路上,几乎地处福州最为繁华的要道。两幢商业大厦之间,一条小道,名"中山路",仅通一车甚或不能通车,若不是有朋友约了在这里吃饭,我大概经过一万次也不会想到从这条路上拐进去的。

拐进去之后用"别有洞天"来形容一点不为过,仿佛是藏在高楼丛林里的一处化外之境,名曰"中山大院"。这可不仅是建筑学或地理学意义上的院子,而是,集中了衣食住行的一个小小社会,犹如军区大院儿、政府大院儿。一个非常对称的院落,进口通道两侧是两幢五层歇顶式古典建筑。

正对着通道是一尊站立的孙中山先生塑像。一人多高的大理石基座上,孙先生手握着文明杖迈步向前,一如既往的英挺,充满了智慧。我甚至怀疑孙中山如此深入人心,与这副与生俱来的好样子关系不小。陈丹青说鲁迅也是一副好样子,真是!只是不知为何,中山堂长期关闭,不得入。便转而向左手方,一纵古朴的石阶,试着走上去,冶山,意外得见。

台阶不足百级,不过两三层楼的高度,却很陡狭。走到顶处,只见古老的石块堆叠成了一个小山包。搞不清活了几百上千年的榕树,盘根错节地捆绑着这个小山包。是的,捆绑或者说交融着,根须穿透了石块,从这座山的内部伸进去又渗出来,长进这座山的骨骼与血肉里,与之融为一体。岩岩巉峭上密布着石刻:"望京山""观海亭""登山路""天泉池""玩琴台""越壑桥"……一个个存在于中唐时期文献当中的冶山旧景,仿佛突然有了灵魂一样,争相浮现出来。

2

很长时间过去了,我还停留在那个震惊又兴奋的午后。

这些古老的沉默的岩石吸引我们的到底是什么?

不是我们发现了它,而是它穿越了千年的时空,刀劈斧削,仅剩一点精骨,然后找到我们。这是我们与先人产生联系的最后一点线索。抓住这一点,就如同掉进了历史的漩涡,发现了一个大千世界。

然后你知道,汉时,无诸抗秦、佐汉、灭楚有功,被封为闽越王,管理福州这块区域,就在冶山边建城立都,称为冶城。这可是福建历史上的第一座城池,也是福州这个城市的起点。就是这里,这几块乱石堆成的小山包,以及这几棵张牙舞爪的榕树。就是这里!

之后无诸后裔郢和余善兄弟相继起兵叛汉,被汉武帝平定,连带余善在闽北的王宫一起,福州冶城也被毁。三百多年以后(西晋太康三年),晋安郡郡守严高,将城址迁于越王山之南,称之为子城。唐天复元年,王审知于子城外环筑罗城四十里。五代后梁开平元年,又筑南夹城与北夹城,宋代筑外城……城墙一圈一圈地外延,城市一点点生长,而最初的原点就是从这里——冶山开始。

两千两百年。

时间削去了一个王朝的皮肤、枝桠,只剩这么几平方米的小山阜存其精骨,同时又以其不可思议的力量构筑了一个更为庞大精密的现代化都市,人来车往,灯火辉煌——这很历史,也很科幻。

3

福州这个城市的发展很有规律,沿八一七路的城市中轴线上走一趟,基本就能寻到城市发展的脉络。三坊七巷,代表着明清时期的士大夫文化,读书人、官宦人家多居于此,至今还保留着众多富丽典雅的私家园林;未拆的茶亭街本是民间市井生活的百态,相对三坊七巷的达贵更为接地气;台江上下杭、苍霞一带则是清末民初福州商业社会的缩影,因为靠着闽江码头,聚集了许多行业的商帮会馆,土豪众多;再到闽江对岸烟台山,可以说是清末民初中外文化的集中碰撞之地,外国领事馆、俱乐部、洋行、洋房林立;再延伸至新城金山,又可以看到二十世纪九十年代现代化城市开发的脚步,曾经种植水稻柑橘茉莉花的沙洲田畴，已经成为一座高档住宅毗邻的安居之城；再往东，三江口直至马尾长乐靠近海洋的地方，已经被规划建设为福州滨海新区，未来的科技数码之城。

而最初的冶城，离这些似乎越来越远，如同一个留守故土的老者，目送着这座城市如同初生的婴孩褪去襁褓，向海而生，奔跑，跳越，越来越快。——但只要一回头，这一方小小的山头依然保存和守护着这座城市的根脉。

小山前留有一个圆形小平坝，像地基一样。我正猜测这是什么，上来游玩的一位老奶奶告诉我，这里曾经有一座亭子，旁边还能找到一块石刻"观海亭"。

是的，我毫不怀疑站在此处可以观海。你若去过闽侯的昙石山博物馆，如果看过古代福州城市地图，就能发现，最初的城市不过是围绕着这个小山包的数里见方，站在高处，海平面就在你脚下。

寒来暑往，沧海桑田，海水不停地退却，陆地一点点显露出来，人类所主导的城市的繁衍与渗透，比海水还要懂得见缝插针，寸步不让。这个过程是缓慢的，慢到要用千年的单位去计数；而这个过程又是迅速的，就像潮涨潮落一般可感可见。

4

那天遇到的老奶奶说，她从小就在大院儿里长大，和小伙伴常常跑到这小山阜上玩耍。这如同荒山一样的小山包和杂树古榕，在光鲜整饬的福州城区当中，显得如此不合时宜。

很奇怪,到处都圈成公园了,这里却任由它荒着。

后来一同约吃饭的朋友告诉我,这就是她小时候写作业的地方。小时候放学了,爸妈没空管,就跑到小山坡上玩,累了就趴在这些石块上面睡觉。她幼小的生命对于这些神秘的石块也有过好奇,但同时又见怪不惊,因为这就好比自家的锅碗瓢盆、桌椅板凳一般熟悉,熟悉到不问来处。以至于二十几年来,她也没有找齐这山上的"九曲"都在哪里,以至于我的震惊令她讶异。我们都大笑起来。

她领着我们从另一头的阶梯往下走,然后说,后面就是欧冶池。是不是很熟悉这个名字?是的,传说中的欧冶子铸剑的地方。不仅是传说,是确有其人,确有其事!

《三山纪略》云:"冶山者,古冶铸之地,闽越王都于其前麓。"冷兵器时代这里就是军工重地,就是刀剑铸造基地啊,吴越之争,联楚拒吴……那些你死我活的杀戮、战场上的腥风血雨,就在深潭一般的池水里搅荡……

欧冶子,春秋末期到战国初期越国传奇人物,冷兵器时代的国防工业大神。在春秋五霸、战国七雄的争霸战争中,欧冶子铸造的一系列赫赫青铜名剑冠绝华夏。据说他曾为越王勾践铸了五柄宝剑:湛卢、巨阙、胜邪、鱼肠、纯钧,为楚昭王铸了三柄名剑:七星龙渊(后因在龙泉处铸剑,改名龙泉剑)、泰阿、工布。

1965年底,越王勾践剑在湖北江陵出土,该剑出土时完好如新,锋刃锐利,剑身满布菱形花纹。经过包括郭沫若在内的多位考古大家三个多月的反复考证和讨论,确定剑身上的鸟篆刻镂铭文为"越王勾践自用",也就是说这是至今唯一一把能确定为越王勾践所使用的佩剑。此结果一经公布,震惊了世界。这一考古发现也给铸剑之神欧冶子提供了实物佐证,说明欧冶子铸宝剑并非神话。

此剑被称为天下第一剑,作为镇馆之宝收藏于湖北省博物馆,在二〇一七年火爆的文化类综艺节目《国家宝藏》中,一亮相就惊艳了国人。时隔二千四百多年,考古专业的研究人员用最新的科技对它进行了质子全光无损检测,并复原了二千四百年前银光闪闪的样子。吴越交战,越王卧薪尝胆,寻求复国,联楚抗吴……这一柄形似匕首的精美小剑就是那个风云年代的证物。在当晚的节目上,讲述者段奕宏所扮演的角色为"剑灵",这一设置倒是高妙,深埋地底两千多年而不腐,穿越无垠时空来与我们相见,不是有灵又是什么?

当晚节目上提到的湛卢剑也为欧冶子所铸,现在福建松溪县城有山名"湛卢",城区还有铸剑为业的人,经营着湛卢剑馆。湛卢为长剑,一柄一柄陈列于展架上,靠近时似可听见剑身所发出的声声龙吟,冷气逼人。

我不厌其烦地提醒我同游的朋友们,这里曾经多么传奇多么显要。而池水深邃,不着一语。

池边密布的千年榕树,根须如同长在水中,水深绿不见底。它感受过两千年前一柄宝剑刚出熔炉时的炽热温度,也听过欧冶子面对咝咝青烟蒸腾时的一声轻叹:成了!

如今静默如老人。

偶有风起,榕叶纷纷落满了池面,风吹得这水凝成一股一股浑厚的波纹,倒映着横生的枝桠,仿佛比别处来得重。这水下还有另一个世界,深不可测。几千年的时光可不是一下子全部消失的,一定在这池中留下过什么。

5

刀光剑影是历史的一部分,更多的岁月里,这里是平静的、日常的,甚或惠风和畅、歌舞升平的。民国时长乐人施景琛所纂《泉山沿革纪略》中记载,闽都文人骚客雅聚冶山"曲水流觞","于九曲池上增筑流觞亭,在山中建九曲池"。山上迂回曲折刻有一到九曲的标记,引得不少有心人去寻迹。我也曾数上冶山,但怎么找也只找到二曲、三曲、四曲、五曲,六曲、七曲等字样。如同怀有一种强迫症,想要找齐一曲到九曲,但始终未能如愿。后来有网友说"一曲"石刻被居民楼隔开了,在山脚下省财政厅宿舍的墙角地基处。

等到2017年年底再一次去探访的时候,整个冶山已经被围挡起来了。几个工人用电动的机器在路面钻凿,发出震耳的噪声,据说这里要改建成一座公园供市民游赏。这对于荒废了多日的冶山似乎是好消息。

几千年风吹雨打去,期待着冶山的这次改造可以在保护古迹的基础上守住古风古貌,千万不要弄丢了这古老城市的精魂。

一树金黄

十月一过,我就惦记着这棵树。它每年的这个时候就在提醒着我,又是一个年头了。

记不清是第几次来看它。这棵古老的据说活了几百年的银杏,跟一座古老的教堂被圈禁在一起,一面围墙和两扇铁门包围着它们,漆黑的铁门上是一条粗大的铁链和丑陋的铁锁,仿佛是谁在一幅油画上打了一个大大的黑叉。管理者大概是对于美好的东西有种天然的防范,才会将教堂和银杏封锁起来。但不时有人来看这棵树,毕竟它高扬的树冠远远地伸出了围墙,密集的叶片固执地寻找着阳光。

银杏叶像花朵,不光是金黄时刻才好看,青绿色的时候其实也是好看的。

它清秀,干净,叶片与叶片之间有种天然的层次感。何况这是棵有着三百年树龄的老树,枝干本身已经有了非常优美遒劲的线条,树冠巨大,如伞张盖。

有一年，银杏金黄的时候，一两个执着的摄影师从围墙上翻了进去。据说他们是踩在墙外的一个垃圾车上翻进去的。高高的围墙旁边就是银杏树枝，他们大概攀着树枝再跳落到地上。地板上积着厚厚的银杏叶子，软绵绵的，所以，即便掉下去应该也没什么危险。他们在里面尽情地拍摄，把教堂和银杏的美丽全部收藏在了镜头里。发现了美怎么能忍住不跟别人分享呢？在网络如此发达的今天，他们把这些照片放到了QQ空间、微博，一下子人们都想来看看这座童话般的教堂。但是人们来了这里却十分失望，因为这铁门总是锁着的。人们只能扒着门缝往里面瞅上一眼。不知是谁，顺着铁门的缝隙挖了一个小孔，后面的人把孔再挖大一点，不知不觉，铁皮被越掰越大，变成一个人的拳头大小，有人便执着地将手机伸进小孔，艰难地拍下教堂与树的影像。

教堂并不大，全部用宽厚的条石砌成，古老而朴素，像极了小朋友学画的习作：简单的三角形屋顶加上一个四方形的底座。高大的银杏树就立在它的旁边。这简单的构图，形成了一种类似乡村风情的简笔画，却带有简朴而隽永的美。尤其当晚秋初冬，银杏树叶全部黄了之后，地上也铺满了厚厚的金黄的一层。灰白的石墙加上明黄的地面和天空，简直就是一幅绝美的油画小品。然而这小品被围墙和铁门围起来了，没有人搞清楚是为什么。

教堂被围起来，但树总是长出了它们的圈禁，它高高地张扬在半空中，叶片时不时飘下来一两朵。

我常时不时绕到这条路来看看它，抱着一种侥幸的心理，或许哪天，门就开了呢？我不知道这种侥幸是寄托何人，是它的管理者或所有者？对于美好的东西，我们觊觎着，同时又像乞怜者，我们甚至不知道应该从何处下手。这个世界，真是一点办法没有呀。

接近元旦的这几日，树叶一天比一天转黄了。前两天还夹杂着一点青绿，今天路过，整个天空像被炸开了一片金黄色的云朵，又比云朵更纤柔，舒展。有一两枝横斜着，倒垂在教堂的尖顶上，扶疏摇曳，恰到好处。

石砌的教堂匍匐着，朴素、坚硬、简洁，遇到身旁如此明丽灿烂、高扬多姿的银杏树，一中一洋，一静一动，一坚实一柔美，如此的个性迥异，却搭配得完美。

慢慢地，一阵寒风一阵冬雨，这些叶片就唰唰地往下落，过不了几天，这地上就会铺满厚厚的一层。每一年都来看，每一年的景致都不一样。如果在持续的晴天，整棵树会黄得耀眼；如果中间有阴雨，这黄色便像沤过了，有一些晦暗、潮湿。

每一年我都来看它，每一年的这个时候我就如同一个叽叽喳喳不厌其烦的麻雀，通报给大家银杏从绿变黄的消息。我希望更多人和我一样能见识到它惊心动魄的美，来证实我的痴迷是其来有自。仿佛这变黄的过程跟我有什么关系，仿佛这美中间有我什么功劳。

这一年的冬季特别寒冷，原本想要在旧年翻篇之前把所有拖欠的任务完成了好好休个假，哪想来势汹汹的流感却没有放过我。在病床上可怜地躺了几天，特别想要出去走走，去看看那棵金黄的树。天气开始晴起来,阳光从窗口投射进来,明亮,晃着眼睛,我还以为自己忘了关灯。这温暖的光线召唤我,快出来透透气吧。

  我像一个久病初愈的老人,怀着一种欣喜和期待探索新世界。行至石厝教堂,站在金黄叶片飘飞的老银杏树下,内心激动得难以言喻。或许是退烧药的药效还没过,还继续鼓动着脑内的多巴胺在跳跃翻腾。但美和艺术本身就如同宗教,需要自我催眠说服自己,去领受去臣服,去忘我地拥抱。如同有人说陈凯歌,你那《妖猫传》拍的是啥玩意儿啊,却有人狂热地沉浸其间,被梦幻一般的盛唐之美所折服;如同有人认为毕加索画的那些奇诡怪异的东西是什么啊,完全看不懂,有人却为之失魂落魄,仿佛灵魂受到了重击。所谓"不疯魔不成活",大概就是艺术与美之于人的强大的统召力、感染力,它降服你,让你忘掉理性与世俗的约束,爱就去爱,去沉迷,去不顾一切地拥抱。

  想到朋友中同样有痴迷于这些自然与建筑之美的行摄达人,二十年来追寻古建筑与乡土遗迹,工作之余都在路上。他几乎走遍闽地各个乡村角落,拍摄的照片恐怕超过万张。这些他自己都已经来不及整理的照片,记录了闽江春水中第一次潮涨、罗源乡间古老的房舍中缥缈的炊烟、永泰山野里第一抹红枫、长乐田畴中耕地的农人和惊飞的牛背鹭,以及秋风乍起时一片溪畔芦苇飞白……

  这些,跟他的工作,跟他的生活,其实并没有多大的关联,但他乐在其中。

我也不知道这样做到底有何意义。

对于美,有人或许像飞蛾之于光,有天然的趋近性。

然而这有什么意义呢?于三餐无补,于衣食无益。我其实常常替自己也替他们感到虚妄。

但是人生一世,何所谓意义?

或许就是看过,体验过,领略过。我们途经的同一个世界,有的美好的瞬间你看到了,而他人没有看到,算不算大千世界对你的一种偏爱和奖赏?同样的生命长度当中,世人都在汲汲于名利的时候,你在追寻你所钟爱的东西,或者美,或者有趣,或者艺术,然后心醉之神迷之,这算不算一种不一样的获得?

很庆幸,并没有因为生病而错过这一季金黄。在叶子打着旋落到头顶那一刻,你在心里说,真美呀!如此的满足,不就够了吗?

骑龙坳

人生的际遇多奇妙，在你出生和长大的地方，有一些美景其实一直都在，你却从未涉足。直到一个偶然的机会，一趟没有预知的行程，一些你不曾想见的风景，就这么突然出现了。来说一说"骑龙坳"吧，这名字听起来多么乡土啊，让我脑子里总出现低矮的黄土堆出的山坳，它比山梁小一些，又比山坡大一些，在你的家乡有没有被称作"坳"的地方呢？

那晚一群人吃完夜宵沿着山坳往上走。头上是浩瀚的星空，脚下山坳的弧度仿佛跟银河平行。每走一步，便离星空更近。那晚星星多亮啊，每一颗星仿佛就在我们头顶，走到坳口，一伸手就可触到了。银河的两端在慢慢接近，只差一点就能连上了，才突然想起，今夜是七夕。

骑龙坳，她仿佛离我很远，想一想，她其实离我很近。

当她以摄影风光片的形式出现在我的手机里的时候，我一直觉得这么高大上的风景应该来自哪个著名的风景区，而实际上，她离我出生的家乡不过几十公里。有时候万水千山走遍，你最为亲近的地方，你却从来不曾到过。

骑龙坳就是这样，那晚，吃过晚饭，我们才想起，这么近的地方，我们都没去过呢。一干大人都像小孩子一般兴奋起来，说走就走。一个大家族，由叔叔阿姨组成的观光团就这么临时组建起来了。那一晚的路途于我应该并不陌生，多少年前，当我决定退学打工的时候，曾经跟着亲人坐着一辆拉煤的大卡车走过这条道。这大山中蕴藏着丰富的黑金。威远连界，产煤的地方，曾经出了多少说话都带煤渣的土豪。如今地下的黑金潮归于平静了，呈现在世人面前的绝世美景倒让人惊艳。那是来自天空和大地的神作。

那晚出发前，叔叔打电话给当地的人，问明天是否可以看到云海？那朋友大概善于夜观天象，毫不犹豫地说，一定有。

于是大家星夜上路，几辆车呼啸着，在深夜崎岖的山道上，灯光仿佛一条游龙。万籁俱静，路两旁是黑魆魆的山岭与峡谷，仿佛穿行在远古的洪荒当中。

山里的老人头上还包着黑布头巾，这在我们县城里也是多年不见的打扮。民宿的老板人非常朴实，吃完夜宵很迟了，他们还留了一道门，听到我们说话的声音，主人一楼的窗户就亮了，来为我们开门、点灯，并给我们需要的一切。第二天凌晨不到五点，主人就来提醒我们起床了。因为云海形成，要看日出必须在五点之前。

离山居不远的一座山顶，是最佳的观景之处。我们要趁早赶往，等待日出。到达山脚，已经有不少人聚集在那里了。

虽说是夏季,山里清晨却是冷,有人披着毯子,有人搭着两三件不合身的衣服,挤在那里。大概都是慕名而来的观光客,互相询问着该如何上到山顶。

往山上去的路极其陡峭,因为还没有被开发。这些都是原始的风貌。看着前面有人往上爬,我们也不加犹豫地跟上。云遮雾绕当中,一行人几乎是脚跟踩着头顶攀爬向上。那狭窄得只容得下一只脚印的阶梯,直到云雾散开,太阳晃出来,我们回头看上山的路,才惊出一身汗来。其实这是一条最险的路,在无知无畏当中,居然爬上来了。

仿佛一场电影的序幕,天还没亮时,一大拨人已经按捺不住等待的兴奋了。看到一点点的红光照出来,人群就开始骚动。手机在黎明前麻麻亮的晨雾中闪烁,人们已经在等待最为惊艳的一刻到来。

西游记里的天宫,你大概都看过。那些烟雾是如何制作的呢?这里便是天宫了,丝毫不差。

当地人叫"岩烟"。四川话,岩字音似"挨",更坚硬一些。真像是那些岩壁生出的烟。

只是那么白,那么绵软,叫人有纵身投入其间的渴望。

它比海面更温和,更柔软。像一池子沸腾的水在晃动,又比水更让人安宁。这满山满谷装满了,溢出来了,溢到田地里,溢到另一片山谷当中。

我无数次对着同一角度拍下同一张图,无数次在心中喊,太美了。没有更多余的话能来形容。

紧接着太阳升起来,这一片白雾被染成红色,由远及近,变得通红。直到阳光炽烈，乡村开始展示出它完全的面目来，满山的人才开始熙攘着下山。

就像一张弓的弦，上山的路最直接最近也最陡峭，下山时我们发现其实还有一条稍加平缓的大道，如同弯曲的弓背。沿着这条路，大家有惊无险地一路下山来，甚至有几分悠闲。路旁有山涧滴落下来的小小水流，汇聚成一口井。有人掬了一捧喝下去，沁透心脾。他们一致说，这才是真正的水泉，甜得很。

路旁的稻子都抽穗了，叶子却还青得耀眼，早晨的露珠正爬满每一片稻叶。原本粉红的太阳，此时越发光亮耀眼了。山坳里的村庄慢慢醒来，雾海变得稀薄，从原先的沉重的棉花或云朵变得一丝丝如同轻烟，飘浮在半山腰。那些零散地分布在山坳里的民居看起来，真是美极了，恬静极了。所谓的田园生活，所谓的隐居山中，不过如此。

此时，山庄的主人已经备好了早饭，等候这一拨爬山爬累的人。一锅白米粥加了嫩玉米粒，清香甜糯。两个小小的白馒头，一碟煎糍粑蘸白糖，再来一碟花生米、一碟泡菜，加一盆炒地瓜叶。那真是山里人的早餐，清淡而丰富，就着山边飘浮的白雾，吃得至今回味无穷。

我常常想起在骑龙坳跟汤圆和妹妹一家吃玉米稀饭的早晨。晨雾从山坳里飘过来，店老板做的早饭又好吃又清爽。我把双腿蜷在藤椅上。小家伙吃得津津有味，快乐地哼起歌。这样的早晨不是天天都有的。

心有牧场

1

泥泞的道路上,越野车艰难前行。

即便不是呵气如雾的寒冷冬日,大概也没几个人来到这山上。

这山和众多你看得见却不一定想要登上去的山峰一样,远远地围绕在我们城市的边缘,你只会抬头仰望它连绵的山峰所勾勒出的水墨一般的线条,而不会妄想着有一天要爬上去。

因为下雨,仅容一辆车的小路更是难走。雨刷不停地挥动,来不及擦去窗上的雨雾。司机行到半山腰,放我们下来透口气。寒冷而清冽的空气一下子蒙到脸上,冰冰凉凉的,真舒服!此时的山峰离我们稍近一些,透过山间虚虚实实的苇草望过去,显得更加妩媚了。下车走几步,泥泞不说,竟然踩到了牛粪。有人惊叫起来,有人哄笑。有人说这不脏,牛都是吃草的,晒干以后还能当燃料呢。你看高原上藏民们最重要的生活物资就是牛粪,牧民们靠它过冬取暖,烧火煮饭,还能治疗冻伤……踩到的人还是一脸狼狈,赶紧往草丛蹭去。

我倒是充满了期待,这山上或许还有人养牛?

这山其实是没有峰的,几座山连在一起,有山无峰,五座。于是有人把它们想象成五只老虎,还分别起了名字:小虎、大虎、白面虎、岐尾虎、回头虎。四头小虎就这么保持着生猛的姿态朝向我们生活的城市——福州。有一头个性大概比较调皮一点,它朝着相反的方向跑去。但这边的伙伴们一叫唤,它又开始向队伍回转头来,所以叫它"回头虎"。

一边听同行的长者为我们讲述这些山的来历,一边用我自己的方式去理解和亲近这几座山。

中国人对于山总有种特别的情感,说仁者爱山,智者爱水,自古至今的诗作当中吟咏山的作品占了绝大多数。山,早已不是冰冷的纯粹作为景观的存在,而是与我们的生活和对生命的感知融为一体,并且被形象化、情感化。大概也是出于一种亲近感,当地人给这些山起了名字。有了名字,就有了一种心灵上的亲近与归属感,这山便与人世产生了联系。这和西方的童话《小王子》里面所讲的起了名字就对彼此驯化应该是一样的道理吧。而有了名字的山仿佛被赋予了一种灵性和生命,一下子鲜活了起来。

五虎山,当然因之五座主峰形似老虎。但也有人形容山无峰,如一方几案,叫它"案山"。又有人觉得从福州市区向南眺望,山峰横亘天际,端方如几,故又称"方山"。还因山上曾盛产柑橘,名之"甘果山";盛产茶叶,又名之"茶峰山"。你看,不同的人对这座山有不同的想象与情感,给予它不同的名字。如同我们唤其昵称、小名。我喜欢叫它"方山",又古雅又清简。

2

到了,车行至半山,有中年人骑辆摩托车为我们引路。越野车左冲右突,从狭小的泥路上快要跳起来。小路似乎快要到尽处,引路者下车为我们打开一道小小的栅栏。那只是用竹片与细铁丝编在一起,挡在小路上的形同虚设的一道小门。我们都笑起来,这能挡住什么人呢?下得车来,才知道,这道小门并非为人而设,原是为着这柳暗花明的高山牧场中天性自由的鸡、鸭、羊、牛而设。

是的,柳暗花明,栅栏处往里走,倒开阔起来。那条小道所指引着的,是一方水库沿岸的湿地。同行的长者告诉我们,这实际上是火山湖。

我想象着火山爆发,山峰被炸平,出现了这样一个小平原和火山湖。又觉得似乎只是在科教片里才看到的情形,不太可能出现在我们的现实生活当中。但当地园林部门的专家考证,这确是火山湖。

只是几千年过去,湖水早已归于平静。湖边延伸出的一小片湿地,约有几公里,芦苇、芒花、青缨……草木丰茂。因为刚下过雨,半人高的五花芒的草尖上全是微茫的露珠,无风，也不掉落，连缀成一片，迷迷蒙蒙的。大家都惊呼太美了，真感谢这细雨，让人想到新疆的天山牧场，只是比眼前放大了无数倍。

湖边一座房子。

屋旁，有果园，有橘树。正是冬季橘子成熟的季节，不算太大颗的果实挂在树枝上，一颗一颗小小巧巧的，既没有被催红素填充得过分鲜艳亮丽的颜色，也没有膨大剂作用下过分的饱满，像彩色的小灯泡，将这雾蒙蒙的山野点亮。

树下几头小黄牛正在悠闲地吃草。它们看起来年龄不大，但健康极了，毛色棕黄，充满光泽，真漂亮。我们这群山外来客像见到了老朋友一般纷纷要和小牛们合影。它们仿佛见过大世面的样子，淡定从容，看我们一眼就继续低头吃草。也有人来疯的护院柴犬，离我们远远地虚张声势地狂叫着，主人喊也不听，大概是好久没有这么兴奋过，却一点也不构成威胁。几只黑山羊见了人来一下子就跑开了，它们很不好意思，过一会儿又再跑回来瞅瞅，人一靠近，又溜了。

然后是围在一个栅栏里的遍地的白鸭，以及山坡上自由散步的土鸡满天飞，有的啄食草地里的小虫小草，有的栖到树上打起盹。真高兴啊，见到这些小动物，仿佛一下子回到了童年的乡野。这小小的牧场也真是像个牧场了。

你瞧，原本主人是要带我们来登顶五虎山，一览众山小的，是要寻找古山遗迹的，却因为下雨天路难行，被我们发现了这山中的秘密牧场。原来以为这巍峨的五虎山只是雄奇的，壮观的，父性的，谁知它竟深藏了如此丰沃的腹地，还养育了这么多的生灵。山也更加亲近起来。

牧场主人同时兼任这座山的护林员工作,平时大概是骑摩托车上山来。除了照料这些小动物,还照料着一山的草木。我想象着他每天的生活,大概早上从山下的家中将饲料带上山,喂牛、喂羊、喂鸡鸭,然后满山巡一遍,看看哪里有松树是否长虫了,哪里的树木被台风刮倒了。或许还有一片自己的茶园,自己种茶,煎茶。劳作累了,中午小憩的时候给自己泡上一壶野茶,就着山上的青菜煮上一锅粉干、面条。吃完打上一个盹,下午再忙活一番,回到城里。

是的,这就是距我们十里之外的山野农夫的生活。

3

中国进入城市化也就是这二三十年。真正想起来,大多数的我们,根还是在农村,在乡下,在山野。只是这些年我们上学、工作,奔着大城市,拼命地想要融入车如流水灯如河的城市生活。我们穿时尚的洋装、皮鞋,买最贵的包,画最流行的妆容,拼命把自己打扮得"洋气"一些,生怕被人看到身上的土腥气。但原始生命当中的土气却是怎么也去不掉的,因为你在亲近泥土的时候,你是最放松和最坦然的——这就是明证了。

其实生活的方式有许多种,大家不必追寻一种单一的方式。

古代人梦想的桃花源,今天仍然是存在的。他们也并非躲进深山当仙人,餐风饮露,不饮不食。不是的。他们一定也是要像农人一样锄草耕田，稻、黍、稷、麦，只不过用身体的劳累换取心灵的休整与安闲。此时我想起永泰山间"水帘宫"里那一对老年夫妇。

在距离福州城不到一百公里的永泰山间，有一处叫水帘宫的景区。游客并不多，山间无车道，自山底到山上崎岖陡峭，步行至少两个小时。一对老年夫妇几十年间就在这山里劳作。他们常年住在山巅，种茶种菜。路边支一茶摊，山泉水、野茶，有人上山便卖一壶茶，随喜给点零钱，他们便说谢谢。没有客人时他们用小煤炉熬红豆粥，自家种的豇豆、白菜、芥菜，养几只鸡，煮茶叶蛋，有人买便买，无人买便自己享用。那一年夏季，我们朋友三人上山，满身疲累，坐在山巅喝他们煮的野茶，清甜芬芳。山间风清景明，请老依伯为我们拍照，他粗糙的手拿过手机，笑呵呵地为我们拍了好几张，山风吹拂下，每个人表情都意外地欢喜、自然。

有时候时光如梭，改变这个世界，蒸汽机、电脑、数字化……日新月异，天翻地覆，踉踉跄跄几辈子也不一定赶得上这种变化；有时候时间又很慢，几千年下来了，依然有人过着祖先一般的农耕生活，也没见生命质量就逊色多少。想着方山牧场上鲜活的生灵们，想着栅栏打开时牧场主人内心的自得，想着就在我们侧身的拥挤人潮中、抬头望得见的五虎山间有这样一片小小的放牧之地，喧嚣都市所带来的焦虑与躁动便少一点了。

桃花源依然存在——内心的充实与安稳就是真正的桃花源。

在岛上

在邻近县城的家庭旅馆里,早上不到六点就醒了。叫了几声,儿子裹着被单不愿起床。我就和他爸悄悄地下楼,推了房东停在院子里的双人脚踏车,往村子里骑。

整个村庄好像还没醒。远方海面上的云还灰蒙蒙的。我们一前一后蹬着脚踏,往那些陌生的小路上冲。充满了鱼腥味的海风迎面灌过来,又讨厌又喜欢。

那些路边种的地瓜藤一簇一簇地趴着,有的叶子尖有的叶子圆,都还未睡醒似的。偶然有一两个上了年纪的老人,定定地站着,远远地看我们骑车经过,好像我们打破了原本缓慢的时间节奏。

骑到没路时,看到一座修得极其繁华的天后宫。正面对的就是大海滩涂。还未到涨潮的时候。那些船只都停在泥泞里，像在沉睡的大鱼，等着水漫上来，把他们的身体托起漂向遥远的大海。

我提议停下来坐一会儿。在天后宫的台阶上，坐着，看着眼前的小海滩涂，看天上灰灰的云压下来，内心如此平静，充实。面对一场即将到来的暴风雨，这个小渔村的清晨如此安宁，如此古远，如同那个不愿起床的六岁孩童的梦。

果然，一会儿就下起了细雨。我们小心地循着来时的路往回骑。在错综的乡村小道上，我们居然没有走错路。那些路边建的一幢一幢洋楼看起来格局都差不多。如果不是旅馆的墙上挂着灯箱，还真是找不到了。即将黑下来的天空把清晨变得跟黄昏一般。不过我早已没有了暮晚将至的愁绪。想着儿子还在别人家里憨睡，两个大人却偷跑出来，也蛮好笑的。

回来的时候，老板娘一家已经起来弄早餐了。看到我们推着自行车回来，都惊呼，你们这么早，还以为自行车被谁偷走了呢。我们也笑着。锅里飘来稀饭的米香。一大早骑了一个多小时，还真是饿了。

刚一坐下，雨就哗哗哗地下得大了起来。

冬日的海

谁会在冬日去海边呢?

褪去了孩子们的喧闹,海滩回复了平静,如同整理过后的房间,刚铺的床单,光亮的地板,一切都整洁有序,只是有一点清冷。

一两只麻雀在沙滩上悠闲走过,无视远处凝望的人的眼光。

此时的海,卸去了夏日的聒噪,像独处的一个人,不取悦,不献媚,内在的温热只有自己知道。

海边田畴里的葡萄都采摘完了,黑色的葡萄藤像干枯又被冻住的蛇,上面一两片叶子挂着,更显出凄冷。白鹭时不时在这些枯藤上停下来,左顾右盼,好像真的在等什么人。

冬日的海面啊,沉静笃定,如低头注视着孩子的母亲。所有的事物都静止不动,仿佛世界生来如此。

你一个人踱步,走向更深层的海,脚印在身后划出两条好看的弧线,像飞机飞过的天空。慢慢地,人成了剪影,海水在上面,沙滩在下面,你夹在中间,如同一枚书签。
我从未如此感叹一个人的背影。

冬天的海是另一种样子,如你安静地思考,并且离答案越来越近。

清晨的闽江

清晨的闽江,其实已经不是闽江的清晨,它的清晨开始得比我们都要早,比整个城市都要早。

第一只飞过闽江的白鹭知道,当晨跑的年轻人、跳舞的大妈以及忙碌的上班族所组成的车流在江滨大道上奏响一曲交响乐的时候,闽江已经醒来多时了。

江中捕鱼的小船也知道。因为它已经沿着闽江的潮水,来回逡巡一圈,归了航。

妇人用旧毛巾使劲地擦洗小船的舢板、内壁。她侧蹲在船舱内,一遍一遍用力地擦。那些砖红色的木板被她擦洗得干净光滑,像新漆过的一样。接着,她开始清洗渔具、雨靴、雨衣,就着舷外的江水提起来,搡下去,提起来,搡下去,雨衣上的泥垢就被江水带走了。

并排停在旁边的几条船,船身已经糊满了泥浆。油漆被浸蚀得久了,已经剥落,木板表层都是裂缝。看来已经被主人放逐在这里，多日不用了。

　　清洗完渔具，妇人开始整理吃过早餐的碗盘。那一定是凌晨从家中带着的早餐，来不及坐在桌边慢慢吃；潮涨是不等人的。他们用两个绿色的搪瓷盆子装了，带到船上吃。就着来回移动的晨雾，一边吃一边挑一点喂给船头张望的白鹭。

　　男人把网一节一节地卷起来，捆扎好，一边查看着有无破损。他拉动船头的浮板，把自己渡上岸来。一只白色的油漆桶晃来荡去，里面装着今天一早的收获：几条黑鲫鱼，几条黄甲，还有几只并不肥大的江蟹。但因为是江中野生的，总能吸引一些厌弃人工养殖，对于自然生长有迷一般信念的老买主。

　　其实多数闽江边的渔民已经不能指望靠打鱼维持生计了。早在二〇〇〇年初，政府就鼓励渔民上岸，有的安排工作到厂矿，有的给予失业补助。对岸就是这个城市最为繁华的商业区CBD（中央商务区的英文简称），超大体量的建筑群一到夜晚会亮起炫目的灯光。那是最新科技操作下的灯光秀。这边的岸上则是他们的家。原先的窝棚早已拆除，他们都搬进了政府改造过的安置房。这些闽江边的原住民，凭着对一条江的守候，已经拥有了令许多外地人羡慕的家底。随着近年来闽江沿岸楼盘的大涨，他们也早已不用为生计发愁。许多人因为拆迁都坐拥好几套房产，价值几百上千万。他们的子女也告别了这种古老的生存方式，上大学，考公务员，或者到企业工作。

　　但打了一辈子鱼的渔民还是舍不得水中的生活。摇摇晃晃的船上的舒坦,大概是走在平整宽阔的陆地上的人所不能体会的。江上的自由宽阔,大概也是拥挤的城市所不能给予的。

作为旁观者,我每天清晨途经闽江。每天清晨看着这对夫妇清点渔获,如同参与了他们的生活。但我始终不曾和他们有过一句交谈。始终是一个旁观者。

我在他们漠然的眼光中,继续我的散步,或者小跑。

沿着闽江跑。经过一座桥,两座桥,三座桥。

夏日初启,蓝花楹开放。闽江沿岸种了一溜的蓝花楹,在青绿色的浓荫中,一树蓝紫色的花瓣高扬,怎么会有这么美的颜色的树呢?蓝色的花树,花瓣无声地掉落到地板上,一整片蓝色……有跑步的男士也忍不住停下来掏出手机对着拍,感叹着说好美啊。看我在看他,有点不好意思,又腼腆地笑一下走了。

爱美有什么不好意思呢?

如果时间充裕,可以再跑远一点,跑到花海,跑到鼓山大桥下。各种时节各种花,成片成片的,紫色的马鞭草、黄色的硫花菊……不是羞答答地开,是轰轰烈烈地开,排山倒海一般地开,是像海一样翻滚着浪花而来。

闽江水如同一条加粗的波浪线,把这个城市最美的诗句画了出来,那么醒目,耀眼。

于是你总盯着江水看,看久了,你会以为它在倒流。这令人恍惚的怀疑的时刻,你如同看到你自己。

泅水的人从下游逆流而上,双臂轮番挖向水下,像在拥抱什么,又像在打捞什么。身后波浪千重万重地跟随着,阳光一打,好像披了一件浩荡的金色披风,又像一个人牵引着千军万马。

雨季的闽江,江水浑黄、污杂。一些上游的残枝、水草顺着浑黄的江水漂下来。水直接淹到步道了。整个雨季,都是昏暗的。天空、闽江,全是浑浊的。即使这样,也有人下去游泳。多半是四五十岁的中年人,他们似乎一点不惧怕江水汹涌。他们从小在江边长大,入闽江,跟我们在街道上行走一般自在。于是我们只能站在岸上,看他们戴着泳帽的圆乎乎的头像个皮球浮在汹涌的江面上,一点一点浮远。

落潮时的闽江干枯贫瘠,白鹭像捡拾残渣的流浪者,聚集在干枯的河床上互相追逐,发出沙哑的叫声。那些停泊在江边的无主的船只,像被遗弃多时。你以为它就会这么病下去了,丑下去了。不,它没有,自然界用一种无声的强大的力量修复它。水涨起来,一切又丰盈,光亮,不留痕迹。

人生不也是这样吗?一切都会随时间流逝,伤病和痛苦、贫穷和孤独,必然也包括美好的令人留恋的情感。我们从来都不停止地在修复自己,完善自己,像一棵树、一朵花、一棵茶籽,会被闽江带到最适合的地方,然后,重生。

辑三　暖光

……在那些辛苦跋涉的间隙,在那些孤独困惑的时刻,走进的不是一间有着温暖灯光的书店,而是一间喧闹与昏暗的小酒馆,人生又会是什么样子。

暖　光

夏末上鼓岭，吃完饭后照例要到"大梦书屋"去坐一坐。

一楼总是人太多。要上到二楼，走出阳台，最靠里的角落，才是我最最喜欢的地方。旧式的木地板，向外伸出去的美人靠，那种朴素而宽厚的木柱，都有一种让人放心倚靠的亲切与安全感。

点上一壶茶，挑一两本喜欢的书，坐在这里可以安心地度过一整个夜晚。

二楼常常也有游客上来，但大多拍几张照片逛一圈就走了。这里灯光柔和，背景充满了艺术气息，很适合拍照。不光爱美的女生，连男生上来也忍不住掏出手机自拍一下。当然，被人发现常常会有点不好意思。我常常在看书之余观察这些上来的年轻的人们，很奇怪，到了书店人似乎都一下子变得文静了起来。有时候听到有人大声地说着话从踩着木楼梯上来了，但只要进到屋子，一下子就收了声。也有人带着孩子上来的。小孩子难免天真,看到喜欢的绘本、图书,大声叫着奔过去,踩得木地板咚咚响。此时大家也不会太过厌烦责备,好像这淡淡的灯光里有一种温和的力量,可以软化白天尘世间尖锐和焦躁的情绪。二楼常常没有店员,如果需要服务,大都到一楼吧台。于是这里更像一个小小的自助图书馆,尽可以选择舒服的位置自在地看书,没有人会干扰你。

只有快到打烊的时候,才有店员上来整理那些被客人看完没有放回原位的书。她们穿着好看的背带围裙,身体娇小,手臂细长,把书卡进书架时,表情恬静而专注。真让人羡慕啊,与书相伴,难道不是世上最好的工作吗?

书籍对于我,从来都是像零食一样的享受的东西。小时候最惬意的事情是父亲母亲不在家,一个人背靠着铺盖卷儿看闲书,斜着看,坐着看,躺着看,趴着看,怎么舒服怎么来。上学再辛苦,只要一想着书包里有一两本闲书没看完,就像碗橱里还藏着蛋糕,一整天都有了念想。可是小镇青年,可看的书毕竟少得可怜。记得县城文化宫门口有一家租书摊,所租的书无非是古龙金庸梁羽生,琼瑶席绢岑凯伦,所以小小年纪把这些能看的都看了个遍。

那时候不像现在要看什么书,网络上一搜,立马就可以下单,隔天就到货,方便快捷。小小的县城只有一家新华书店,大多卖的是教科书或者教辅材料,唯一吸引我的是摆在货架最上层的《鲁迅全集》,好厚的一箱,就在售货员高大的身板儿背后,她只要转身一抬手就可以取到,于我却是可望不可即。一套全集定价人民币一百多元,那是十来岁的我不敢也不忍向母亲开口要的,每次只敢默默地看上几眼。后来到福州工作,所在的报社搬迁,在大堆被遗弃的废纸里,居然捡了一套老旧的《鲁迅全集》。尽管有的册子佚失了,有的封皮已经脱落,跟我当初企望的高置于书架上的不是同一个版本,但我仍然像发现宝贝一样把它们从废纸堆里捡了起来。那些从小在课文里读过的散发着深刻的绝望以及天才般的幽默和无厘头的文字,都在这厚厚的大部头里藏着,时隔十几年再读这些熟悉的文字,于悲凉与孤独中竟然又读出一种向死而生的勇气与温情来。

想一想,自己会在这个东南小城留下来,也是因为在某个特定的时刻走进了书店。刚到福州时,应聘在一家广告公司里跑业务,常常在疲于奔波的间隙跑到鼓西路的新华书店去歇脚,看书,蹭空调,其实也是逃避自己无法胜任的工作。大概是因为自己不够主动的性格,推销对我来说永远是一件极其困难的事情,任何带着目的性的接触都仿佛暗藏了精心的算计与经营,于是在面对那些所谓的客户时自我先矮了下去,每一次的拜访和联络都充满煎熬。但为了生活又不得不勉强为之。于是一有空就躲进书店。此时的书店于我就像防空洞,又像是老鼠窝,只有待在书店里才觉得整个人是安全的,踏实的。

即便是蹲在鼓西路新华书店的地板上看完了米兰·昆德拉的《生命不能承受之轻》,我仍然能想起来那个靠在窗边一个人默默流泪的小女生,那是看到了特蕾莎像一个竹篮中漂来的孤儿一般闯进了托马斯的生活,并很自然地依在他身边熟睡的情节，书中那些深层的关乎政治的隐喻、关乎生命的追问，她当时并没有完全看懂，只是迷迷糊糊。看到一个流浪的生命跌跌撞撞与另一个生命相遇了，便感动得稀里哗啦。于是那时候便坚定了那个如今看起来最为渺小卑微的梦：停止漂泊，找一份像样的工作，至少可以每日有时间心安理得地坐在书店里看上一会儿书。——"心安理得"地看书，曾是多么大的奢求啊。

　　人生如果是由许许多多的偶然构成，那么在这些偶然事件的背后必然有一条若隐若现的细线牵引，这条线大概就是对于这个梦的渴望。十年以后，不仅可以安心地在这个城市任何一家书店看书，还让自己的书摆进了书店，这是当时的自己想也不敢想的。第一本散文集《爱上一座城》出版之后，第一站的分享便选择在了西湖边的"大梦书屋"。那晚上，许多好朋友和我一起回忆在福州的点点滴滴，在那些辛苦跋涉、困惑孤独的时刻里，总觉得前方有一盏灯光温暖地看着我，那温柔的、微弱的、充满了暖意的来自书店的淡黄色的灯光总在前方不停闪耀。博尔赫斯说过，如果有天堂，那就应该是图书馆的样子。对于爱书的人来说，书店确实可以称得上是灵魂的避难所。很难想象，在那些辛苦跋涉的间隙，在那些孤独困惑的时刻，走进的不是一间有着温暖灯光的书店，而是一间喧闹与昏暗的小酒馆，人生又会是什么样子。

雨花石

在南京,明孝陵景区入口处见有一排排小店铺,卖各种旅游纪念品。汤圆最喜欢看这些奇奇怪怪的小东西,他一进店里就不走了,跟我进了服装店一样贪婪。

为了叫他,我也走过去。

店铺门口廊柱上用大号黑体字写着"出售雨花石",字体粗丑,但醒目。店内大大小小彩色的石头一盆一盆,堆满了架子。汤圆很想买,问老板价钱。老板说小颗的十元钱一捧。是的,双手捧起来,十元钱,我一听就笑了。

雨花石这么廉价吗?在我心里雨花石是很珍贵的呢。

上初中的时候,一下子从乡下进入县城。那是母亲托了远房的一个亲戚才进入的重点中学。我还记得母亲拉着我去亲戚家中拜访,她在背篓里塞了一只土鸡和一只土鸭,又在市集上买了新鲜的龙眼和苹果。那对于从小缺少水果的我们来说是非常奢侈的。她带着我叩响了那个亲戚家的门。接待我们的是他家的保姆。主人据说在午休,自始至终没有露面。我和母亲就在他们宽敞的客厅里干坐了近一个小时,鸡和鸭被闷在背篓里发出快要窒息的声音。保姆进去主人卧室,出来拿了笔和纸,让我在上面写下自己的名字和成绩。然后母亲就谦恭地跟保姆道了别,出来了。年少的我一出门就恨恨地走在前面,不理母亲,觉得她这样做真是丢脸极了。

这位远房亲戚大概是教育局一个什么官员,收了母亲辛苦养大的鸡鸭,确实还是让我进入了市里的重点中学,和城里的孩子们一起去竞争了。但他们没有想到的是,在中学的那几年我一点也未感到过快乐。从进去的第一天起,城里的孩子就嗅到我身上乡下人的味道。

报名入学那一天,我就得了一个"小芳"的外号,几个男生在背后挤眉弄眼地叫着"小芳、小芳",有人在上课时就从背后揪我的辫子。这是男孩儿们爱玩的把戏,现在想起来只是好笑,但是对于敏感的少年时的我,那就是一种羞辱。于是学期一结束,我就剪掉了长长的发辫,一头短发到现在。

要经历多少的挫折,我们才会活得坚定自我,但那个十三岁的女孩尚未走出敏感孤独,又无处诉说,只要有同学交头接耳,就以为一定是议论和嘲笑自己。内心越发地和城里的孩子中间竖起一道屏障。然而一个讲话语气总是轻蔑冷傲的女生却主动来和我一起坐。二十几年过去了,我仍然记得她的名字——宋晶。她总爱在作业本上描日式漫画当中大眼睛的美少女。下课了,她拉着我不放,要教我怎样用一根线条勾出少女侧脸的轮廓,鼻子翘出好看的小尖角,眼睛画成夸张的长圆，几乎占去整个面部的三分之二。大多数上课的时候，她总是把课本立起来挡住老师的眼光，自己趴在桌上专心致志地涂抹美少女眼珠里发光的星星和一根一根卷曲的睫毛……从未看过日本漫画的我觉得她太神奇了。

有一天上课的时候，她从书包里摸出一粒小小的带着血丝一般殷红半透明的石头塞给我，说那是父亲出差带回来的，叫雨花石。那是我第一次听见石头有这么好听的名字，虽然我不知道何来此名，更不知道南京、雨花台这些地方。身处小县城的郊区，父母都是地道的农民，从未有过离开他们熟悉的地方出去旅行看世界的念头。我摩挲着那颗小小的雨花石，那么光滑，那么漂亮。宋晶看我喜欢，说送你。语气轻描淡写，令我不敢相信。

这么多年过去，那颗雨花石早已不知被我遗失到了哪个角落，但一想起来仍然觉得它亮闪闪的，小小手心握过的温度还在，它的颜色，它的圆得不那么规整的弧形，我仍然清楚。"雨花石"，多美好的字眼。

没有想到有一天在旅途中偶然就遇见了雨花石，在雨花石的故乡。实际上我从没有一刻忘记过宋晶和她笔下画过的美少女，以及她讲话时抿着嘴唇、一个字一个字往外蹦、眼睛朝上的不屑表情，她似乎除了漫画，对任何人任何事都提不起兴趣。——可她送了我一颗雨花石。

那时候常有男生把我的凳子藏起来，上课我只能站着听。老师来了，问我，我只能说找不到凳子，一脸委屈，又努力憋着不哭。老师可没耐心，觉得这个女孩子太木了，凳子没了也没办法解决，一脸嫌弃。男生们更是在背后偷笑，他们当中最不济最矮小的也来欺负我，在我的作业本上洒上墨滴，或是把我的课桌挪到靠近墙壁，以此表示不屑与我为邻。有一次我爆发了，狠狠地掀掉那个矮小的胆怯的猥琐的男生的桌椅。他挥舞着圆规小小的尖脚虚张声势。男生们开始起哄。他举起圆规，又不敢靠近的样子也很可怜。欺负更弱者并没有让其他男生减少对他的奚落……

这些画面那么深刻地印在我脑海里，以至于我摆脱自卑之后仍然挥之不去。在极少数联系的同学嘴里偶尔听到曾经的谁谁过得怎么样，大多数人嚣张的青春归于平淡，甚至令人唏嘘，原来多么出风头的女生嫁作他人妇，终日辗转麻将桌、菜市场、补习班，有的婚变有的破产有的成为土豪，等等等等，我都想不起他们的样子，只有包括宋晶在内的几个名字让我永远记得。

那一年我被深深的自卑折磨着，转化成了暴饮暴食的抑郁。看见食物就猛塞，吃到吐，肠胃都痛起来还吃，那是唯一能让自己获得短暂充实感的方法。高度郁闷中身高也停止了生长，那个矮小的满脸丧气的女生，开始思考人生有什么意义。真是令人绝望的十三岁啊。小孩子的恶毒多么伤人，但是他们自己从不介意。多年以后他们当中谁还会记得曾经如此深地伤害过一个女生呢？他们做的一切都麻木、无意识、不假思索，甚至我都怀疑我在那个年纪有没有伤害过比我更弱小的人而不自知？成长的残酷或许就在此……

汤圆也快到我当年的年纪，他可以轻易地得到一大捧雨花石。他应该不像我当年那般的孤单无助，那般脆弱，那么在意别人的眼光。我希望他比我强大，有见识，有定力，知道什么是丑，什么是美，什么是好的，什么是不好。并且在所有人都嘲笑弱者的时候敢于站出来，说一句不可以。更好的希望是留一颗雨花石，送给孤单的朋友，不管全世界其他人怎么想。

他曾经告诉我说在他们班上，所有人都讨厌一个男孩子，老师、校长都拿他没办法，太皮了，老是惹祸。男孩妈妈在市场做小生意，我曾经经过她的摊子，买过她们自家手工做的年糕。她笑起来也温暖热情，但是她说拿孩子没办法，不听话就只能一巴掌呼过去……我告诉汤圆：不要因为大家都讨厌他就附和着讨厌，有时候不是人多就一定是对的。也许他是淘气、不听话，但或许也有一些大家都没看到的优点呢，比如爱劳动，比如体育好，比如对朋友讲义气……我本能地为这个孤独的孩子辩护，只是因为他的孤单与我当初多么相似。我希望也有人为他保留一颗雨花石。

千　寻

其实很多年前就已经看过《千与千寻》，并且不只一遍。那条白龙找回自己的名字——"琥珀川"的时候，白色的龙鳞化成漫天的闪光的雪花。那一幕画面太美太震撼，那条白龙也可能是有史以来的动画片中最美的一条龙。但昨晚再去看时，更加令我动容的是在白龙幻化之前，骑在龙身上的小千用坚定的口吻告诉他：白龙，你认真听我说，我记得小时候曾经失足掉进一条河里，那河的名字是琥珀川……

宫崎骏太伟大了，用一部动画片讲述了这么多。同去的朋友说有些看不懂，其实很简单，就是一个关于成长和爱的故事。

千寻本是一个胆小的有些冷漠的小孩，随父母误入汤国，这个汤国在我看来其实就是现实的成人世界。故事就是讲一个小孩子如何在成长中变得勇敢和坚定。父母贪吃了给神灵们的食物变成猪，这个很好理解，丧失自我的成年人有时候确实让纯真的小孩子感到可怖且厌恶的。

说说无脸男。

一个孤独症患者，被小千的温柔驯化。过分孤独的人常常不懂得真正的友谊是什么。用金子收买，或者用吼叫恐吓，得到的都不是友谊。一个人无法独立，就永远得不到友情。友情是独立的人之间发出的光芒相互映照，一旦被依附或被豢养，都不能称之为友谊。无脸男为了得到千寻的友情，变出金子诱惑或以吃掉身边的人威胁，都没有成功。直到他呕出了全部，变成最初那个单薄的孱弱的自己，千寻才接受了他。最后在钱婆婆那个简朴温暖的小屋里，这朵游魂才找到了归宿。

这世界上很多人看似强大，但其实都是无脸男一般的孤独症患者，他们不懂得人与人之间的感情其实是最朴素就最真挚。有一些人幸运，遇到了像小千一样的人用尊重与爱去驯化他们，但有的人，心永远是凉的，怎么做都暖不热，所以请不要滥施你的友情。

然后说说亲情和爱情。

如果只是为了自己活着，小千估计随时可能放弃自己，任汤婆婆拿掉名字；如果没有救出父母的责任，她无法坚持，她永远就是一个抱着自己瑟瑟发抖的弱者；如果没有遇到白龙，她无法强大而坚定，锅炉爷爷说：这就是爱啊这就是爱。

人就是这样啊，如果只对自己负责，活着太容易了，可以不吃早餐，不工作，成天昏睡打游戏。看看那些桥洞下的流浪汉，多让人心生羡慕啊。但当你有了孩子，有了父母，你不得不为此负起责任，你要让他们过得更好，就不得不让自己活得像个人。这份责任或许还是有些被动的，只有当你真正遇到了那个足以激发你成为更好的自己的人，你才会主动地站起来，让自己内心长出坚硬的翅膀。

千寻若不是为了救受伤的白龙，她不会义无反顾地乘上那列开往"沼底"的列车，顺便还带上孤独的无脸男和被汤婆婆豢养的巨婴。有意思的是，无脸男此程找到了温暖的归宿，那个巨婴在魔法消失之后却仍然愿意当一只小老鼠，因为他见识了襁褓以外的好玩的世界。

汤婆婆对这个巨婴宝宝的爱，就是一个占有欲极强的人的变态之爱。她要把你放进一个真空的玻璃罩里，告诉你外面都是细菌都是坏人，告诉你不能和任何人接触，告诉你她的爱就是一切，让你永远也长不大，永远离不开她。这样长大的巨婴我们身边也不少见，他们的结局无非两种。一种是觉醒了，带着恨意甩开这种爱，看看前一阵弑母案中的吴谢宇就知道了；一种是永远也不能长大，一辈子做一个巨婴，让身边的人都把他供着哄着。而汤婆婆又得到了什么呢？在她身边要么是长不大的巨婴，要么是贪婪白痴的三个大头。

真正的爱是什么？是像小千和白龙一样，相互寻找，相互守护，相互唤醒真正的自己。

唉，爱！

爱就是让你变勇敢，让你更坚定。

成长一开始是恐怖的。就像千寻刚刚进入汤国时所看到的，妖魔鬼怪那么多，幽灵那么多。但是请不要慌张，守住你的心。你会发现，狰狞当中也有暖意，狡诈之中也有温情。锅炉爷爷的一条小毯子，工友小玲的陪伴，无脸男的依赖，白龙的拼死守护，都是让小千从一个弱小的小姑娘变强大的力量。最后她找回了变成猪的父母，一起回家。在这一趟艰难的旅程当中，只有她自己知道经历了什么。而我们又是在哪一个不为人知的时刻里变得勇敢而坚定的呢？

　　昨晚看完电影回来，和朋友在楼下的院子里走了几圈。我们谈到某些时刻各自的迷惘和沮丧，谈到人群间的热闹与疲惫，谈到与人相处的复杂与微妙……然后此前说没看懂的朋友，说好像看懂了《千与千寻》。这些东西都是宫老爷子也在诉说的。但我想好的片子不一定用看懂看不懂去衡量，就像听一曲钢琴演奏，看一幅梵·高的画作，我们不一定都懂得，但我们各自可以得到的东西有很多。这就够了。看懂看不懂，并不妨碍好的作品进入我们的内心，哪怕找到一丝丝的呼应，也是一种收获。我想起影片播完的时候，影院里寂静无声，全场没有一个人站起来走，大家安安静静地听完了那首熟悉的主题曲才起身离开。这安静真令人感动啊……

路边野餐

我先来讲两个故事吧。

张三的故事。

张三没有上过学。小时候不小心掉进烤火的火堆,一只脚被烧残了,走路就有点一瘸一拐的。长大后也没个正当手艺,就一天到晚在街上晃荡,干点偷鸡摸狗的事。有一次偷了一个黑社会大哥的钱,被几个人追着砍,村里人看见他捂着大腿上敞开的血窟窿逃回家。休息了一阵,又开始"上班"。这一行有风险,但来钱也快。没多久给他带回一个漂亮媳妇。十几岁的样子,据说在公园里买了一堆零食就聊上了,带回家以后就没再回过娘家。没多久,生了一个儿子。两口子把孩子丢家里,到沿海城市打工——一个继续当小偷,一个按摩。再后来两人闹离婚。老婆跟当地一家工厂老板生了一个私生子,每个月从老板那儿可以得到两千块抚养费,张三又找了一个女人。但回到老家还住在一起,因为当初房子是共同盖的呀。女的后来在村里又找了一个离婚男人。同住一幢房子，两家人倒相安无事，过年时刚好凑一桌吃饭打麻将……

李四的故事。

年少辍学。伙同一帮无业青年混社会、吸毒，后因偷电缆被抓。监狱里待了七年。出来跟着姐夫在建筑工地做事，被工地上掉落的钢筋刺穿肋骨。回到老家休息一段，又染上毒品，泡赌场……去年听说家里给找了个女孩打算结婚了，婚礼头天晚上却带着家人筹集的礼金和从邻居亲戚家借来的钱失踪……

这样的故事还有很多，在我出生的西南小城。

这些生命仿佛从来没有明天，也不去想明天。他们莽撞、现实，爱恨情仇似乎格外简单，任由一条贱命在这社会横冲直撞。因为他们明白，除了这肉身，啥都没有。

可是他们也不乏温情的时候。那个被判刑七年的吸毒少年，会不远千里从打工的新疆赶回老家参加一对发小的婚礼，他满心喜悦地帮着新郎新娘布置婚房，小心翼翼地把那些糖果色的心形气球一个一个挂满房间；那个以偷盗为业的跛脚男人，一定会在众人吃饭的时候偷偷去把单买了……

我也不知道怎么看待这些生命。

我觉得《路边野餐》讲的就是这些蝼蚁般生命的故事。它原本的名字叫《惶然录》。

混黑道的大哥花和尚的儿子被人活埋了，死前还被砍断了手。花和尚说他老是梦见儿子托梦，跟他说想要一块手表。他后来回到乡下开了一家钟表店。

游手好闲的"老歪"经常把儿子卫卫一个人锁在家里,去外面打牌喝酒。时常想的是,把儿子卖了,换点钱继续赌。

老陈,为了帮花和尚出气,杀人,蹲监狱,出来时,妻子已经去世。

独居的老年医生,一辈子念念不忘当知青时的恋人。虽相隔并不遥远,却到死去的那一刻也没去见上一面。她说:"病人好了还会再病,我们这些医生拿来有什么用呢?"

一定还有很多深刻的绝望,被我们轻描淡写。

导演毕赣用简单的黑白画面来呈现这些故事。贵州、凯里、镇远、荡麦,这些小城镇,跟我童年生活的川南小城极其相似。路边停着的摩的,石子铺就的狭小公路的分岔口,路边水泥墙的吕字形小楼,那些光着上身夹着拖鞋在街上走来走去的中年男人,以及车辆行人混在一起污水横流的街面……

也像你曾经生活过的小城,对吗?

因为这种相似性,好几次被电影情节刺痛,又不是那种很沉重的痛,像针尖,轻轻地刺一下。

一是老医生和陈升说冰箱里的半只鸡,等你回来炒来吃,反正一个人也吃不完。一是二人在房顶收拾那些输液瓶,各自说各自的梦。一是陈升跟自己兄弟说在矿井下,"有一天,我实在太累了,太累了……"还有他对着洗头房的镜子讲"我有个朋友——"就讲不下去,失声哽咽。好在导演并没有任由这些伤感与苦情漫延,他有意识地轻描淡写这些小人物内心的苦,甚至用诙谐自嘲的语气消解这种痛苦。与此同时,片中关于野人的传说、电台里做作的播音腔、少年卫卫向老陈诉说的恐惧，以及那几个游走在田野的吹芦笙的苗人……这些似梦似真的画面都为影片增添了浪漫和超现实的迷幻色彩。这是很多国产电影所缺少的浮在写实手法之上的一层雾气，一种诗意。

同为内陆小城的八〇后青年，我相信导演深刻地感受到了剧中人宿命般的痛苦，但他并没有贩卖和加重这种痛苦的色彩。煽情是容易的，但同时也是低劣的。导演轻描淡写，把这种痛苦日常化了。他避免了大多文艺片那种离地千里的造作腔调和自以为是的上帝视角。在这部电影里，每一个人物都气息生动，让你想起身边的那些不完美的面孔。但每个人的故事都充满了原始的传奇性，毕竟他们生活的当下中国的小城镇，本身就充满了魔幻现实主义与荒诞感。

从贾樟柯、王小帅等就一直描绘这种荒诞感，但是在表达上，总有一种滞重沉闷，缺少电影艺术的欣赏趣味。台湾的侯孝贤当然是这方面的大师，他的镜头在平静中充满故事性。我有时候在想，这种趣味到底是导演有意营造的，还是无意触发的？或者应该这么说，好的导演是可以把这种设计感完全隐藏在影像中的，不露痕迹，宛如天成。就像《路边野餐》当中被人称道的四十二分钟长镜头，一气呵成。我一直在想，摄像师到底是怎么完成的。据说是两名车手骑着两辆摩托车，一辆搭载摄影师，一辆搭录音师，拍出了这个精巧而庞杂的长镜头，以至于看习惯了3D大片的观众觉得这也太简陋了吧。甚至在拍摄洋洋上船的时候，镜头非常明显地抖了一下，有可能是摄影师差点摔倒。所以导演在回答记者提问"拍电影最怕什么"时,他说怕死。如果再深入了解一下,导演还会告诉你,这部片拍摄了两个月,制作经费不过二十万人民币。主角陈升是导演的姑父,一众配角来自导演身边的亲戚和朋友。

一个八九年生的年轻人,在如此简陋的条件下拍出这么一部天才之作,真是令人嫉妒啊。他到底经历了什么,可以把一个坐过牢、离过婚、砍过人,又当过医生的中年男人的心绪拍得如此深刻精准?

导演自己说他曾经在加油站做过加油工。每天清早,当他还在睡梦中的时候,门外就有司机拍着卷帘大喊:"加油、加油!"这些小镇生活的独特体验对于一个山西传媒学院编导专业毕业的痴迷于黑泽明、塔可夫斯基的艺术生来说,就是天然绝佳的素材,充满了诙谐的嘲讽与荒诞的诗意。是的,他还有一个身份是诗人,片中那几首贵州话朗诵的诗作正是出自导演之手,与整部影片完全贴合,毫无突兀之感。

同时,大量充满时代感的台湾流行文化元素被运用到影片当中。李泰祥、唐晓诗的《告别》几乎贯穿了始终。一开始,老医生拿出听不清声音的录音机播放的就是这首歌,而后故人去世,她将磁带郑重交给陈升,说这是他们那时一起听的李泰祥的《告别》,于是才有后来去镇远寻找故人的情节。最后片尾曲响起——

> 我醉了 我的爱人
> 在你灯火辉煌的眼里

多想啊　就这样沉沉地睡去

泪流到梦里　醒了不再想起

在曾经同向的航行后

你的归你　我的归我

请听我说　请靠着我

请不要畏惧此刻的沉默

再看一眼　一眼就要老了

再笑一笑　一笑就走了

在曾经同向的航行后

各自寂寞

原来的归原来　往后的归往后

各自曲折　各自寂寞

原来的归原来　往后的归往后……

  这是发行于一九八四年的台湾民谣。作者李泰祥，台湾民歌之父，创作了诸如《橄榄树》《走在雨中》《欢颜》等大量佳作，并发现和培养了齐豫、万方、许景淳等天后级的民谣歌手。一九八八年罹患帕金森综合征后仍然坚持创作，晚年因为治病困难，包括马英九在内，全岛政商艺文界人士帮他呼吁筹款，二〇一四年逝世于台湾。他的这首《告别》本身就充满了故事性，令人感伤。片中另一首《小茉莉》也是二十世纪八十年代初在台湾家喻户晓的民歌，由早期的名歌手包美圣演唱。同时期的还有侯德建《龙的传人》、叶佳修

《外婆的澎湖湾》等，这些流行于八十年代的台湾文化元素把影片的时代背景一下子拉到一个似真似幻的时空当中。剧中人不再是剧中人，他们就是时代列车匆匆驶过时那一张张模糊的面孔，如果你细加辨认，总能发现有相识的一两个，他们的命运如同身边的张三、李四一样，也是当下中国数不清的小城青年的命运。

永远的沈从文

印象很深的是复旦大学张新颖教授所著的《沈从文的后半生》及《沈从文的前半生》这两本书的封面。"前半生"用的是沈从文先生手绘的《水鸟浮江图》,几笔曲线,画出水面,水鸟浮于江上;"后半生"的封面是一座桥,以及桥下飘浮着的一艘小船,"艒艒船还在做梦,在大海中飘动,原来是红旗的海,歌声的海,锣鼓的海……"——这也是从文先生的一幅速写。他一生的写作正是站在时代的洪流中去凝视浮于水面的一艘船以及船上的人。同时,我又总觉得那桥面像是一双大鸟的翅膀,从世间低低地飞过,看着这世上的一切。

1. 深情

"这时节我软弱得很,因为我爱了世界,爱了人类。三三,倘若我们这时正是两人同在一处,你瞧我眼睛湿到什么样子!"——这是《湘行书简》中写给张兆和的信。

看沈从文先生的散文,最直接最深刻的一个感受便是作家的深情,一种超越文本的博大的深情。一个作家所具有的对于人类的爱,使他将自己从世俗意义的小我当中抽离出来,如同一只低飞的大鸟,缓缓地从人类生活的上空飞过,用一种文学的审美的眼光去看待这片土地上所发生的一切。他用文字指引你:这是我的故乡,我的沅水河,我从小逃学时走过的街道,打铁铺、豆腐坊……我甚至能想象他在叙述的时候眼含热泪。

从文先生散文和小说中的人物常常令人读着读着混在一起,分不清,也不须去分,因其诉说的都是一个东西——爱世间的人和一切。他对笔下的每个人都有巨大的同情和敬重,船上的水手、粗野的军人、吊脚楼上的妇人等;他笔下的湘西人,都是被新鲜景色喂养过的灵魂,有着强悍的生命力。每一个生命在他笔下都具有一种悲凉而又庄严的美感。

这种深情来源于哪里,我想缘于沈从文在某种程度上也是一个被时间甩在后面的人,一个现实社会的疏离者,就像他一直称自己是"乡下人"。他对于所处的城市或者说社会常常表现出一种退却和格格不入。这种不合时宜让他永远在回看,在惋惜,在追念他从小出生的故乡,那些正在消失的风景以及正在远去的人。只有弱者才懂弱者,才能怀着真正的同情去书写。沈从文先生怀着最深的同情和敬重写这些卑微的底层的可怜人,写他们的挣扎,写他们的痛苦,写他们的生与死。在他那里,欲望和悲哀都显得特别神圣庄严。而在今天,很多东西被消解了,被虚化了,一切变得轻飘,无意义。

不用说我们笔下的人物，或许连我们自己都不曾体验过一次庄重的痛苦和悲伤。因此，沈从文先生这份"深情"便显得尤其珍贵。

2. 真

我常常在想，在如今艺术形式如此丰富多元的当下，散文存在的价值是什么？

就自身来说，当下的一些感受、一些想法想要表达，但我自认为没有小说的结构意识，我可能只能选择散文。而在沈从文这里，他是会写小说的，为什么他仍然选择用散文表达？我想很重要的原因是——真、直接。当然，相较于"真实"，这里的"真"有多重意义，是多个层面的真。内心的、现实的、文本的、精神的，不管哪个层面上的真，都是散文最珍贵的品质。

是否要求作家的书写与为人一致，这是一个需要讨论的话题，但沈从文以及他们那个时代的文人，他们身上高洁的精神气质、散淡超脱的性情、良好的修养和学识共同作用于读者。在这些高于文本本身的东西面前，文本成为一种形式，甚至他们笔下所书写的内容也成为一种形式。"真"的信念在他们的作品和行为里一以贯之，唯此，才具有了超越文本的力量。

从反面来讲，我们可以读到的一些所谓的散文，要么语言太过于追求新颖和变化，使之陷于某种语言虚假，要么太多日常生活中不可能发生的巧合与工整得像小说一般的结构拼凑成一篇散文，或者游走于伪散文与伪小说之间，读来令人生疑。这不是散文该有的样子。

3. 自然

如果试着用你家乡的方言去读沈从文，会有奇妙的感受，就像一个人在同你倾谈，一点也不装样子。这种说话一般自然的气息，缘于独特的"从文语言"。因为处在白话文运动初期，在吸收古典汉语与现代白话文精粹的基础上，沈从文用一种独属于他的感性抒情的创造性词汇，表达出丰富、微妙和多义的情感。相对于学生汪曾祺精妙纯熟的现代汉语的运用，他的文字中还夹杂着一些朴拙的原生态的湘西土语，正是这样带着"泥腥味儿"的从文语言，而非我们今天套路化的用词，让人在阅读他的散文的时候产生一种特别的亲切与清新之气。

曾经有位研究他的青年学者提出，沈从文的文章有水一样的质地，自然，沉静，又深沉。他颇为认同。

在西方现代派的文学作品大量涌入并影响当下中文阅读的当下，或许有的读者会觉得沈从文的散文在形式、结构上比较单一，但我恰恰觉得这就是散文的本来面目，如行云流水。看看先秦诸子以来的散文传统，无不遵循着自然之道。自然，不是随意；自然，是不刻意，不勉强，文质相符。如果一定要在形式上追求繁复新颖，大可以通过小说戏剧等更注重结构的艺术形式去表现。散文就应该像水一样自由、自然，行之当行，止之当止，自成风景。

4. 关于思想性

许多评论家谈到沈从文的散文时说，美则美矣，缺少思想性。这好比要求一个音乐家会拿手术刀一样，且不说那是否是思想家、哲学家来解决的问题，即便从文学的终极价值就是提升和抚慰人心的这个角度来说，沈从文先生的思想也已经抵达了。

他笔下的虎雏、龙朱、戴水獭皮帽子的朋友等等这些人物，与当下作品中的人物对照一下，那种原初的人的生命力，那种湘西人身上的强大的面对痛苦和打击的能力，无不激励读者生的信念。他自身也如此，从小在街上逃学，挨打，进入兵营，流浪到北京，靠一支笔找到了自己的位置。他和他笔下的人物一起直面过鲜血淋漓的人生，直面过最为幽暗的人性，他仍然选择以至善至美至真的东西去感染和提升人，给这个世界以希望。在杀戮、饥荒、混乱的时代里，他还让你看到一点人性的纯真善良；在一种病态、软弱和绝望的文学书写充斥的文学世界里，他笔下人物那种原初的生命力、那种蓬勃与坚韧，往往令人动容。今天宅在电脑前的"二次元"少男少女们，尤其更应该多读沈从文，才知道这个世界曾经多么鲜活。

反观我们当下的散文写作，太多的功利和目的性，写什么题材，要看哪些热门，哪些可能获奖，甚至为此刻意卖惨或诉苦，恨不得把最不堪最黑暗的一面扒开了给人看。那或许也是一种真实，但却是一个片面的、选择性的、套路化的可以迅速折现的真实。沈从文先生为我们记录了那个时代的真实，更展示了一种普遍的人性的真实，那是一种更广阔更深远的人类的精神世界的真,是可以超越时代和个体的真,可以感染和提升人的真。这也是时隔这么多年,我们依然在读沈从文、依然在谈论沈从文的原因。在历经时光和人心的淘洗之后,只有真正经典的书写会被留下来,沈从文就是一个明证。

山居二题

> 避人成独醉,汲古有余思。
> 壮志渐将减,老怀空自知。
> 白云长在抱,明月许相随。
> 未必烟霞好,由来痼疾宜。

这是清代永泰文人王辉章《山居》中的诗句。"避人成独醉,汲古有余思",一个有一点孤僻、有一点清高的文人形象跃然纸上。"壮志渐将减,老怀空自知",人生到了一定的年纪,早年做过的梦,吹过的牛皮慢慢破灭了。对于世界对于自我有了更加现实真切的认知,这未尝不是件好事。但谁没有年轻过呢?谁没有空怀着远大的理想过呢?那就是年轻该有的样子。白云、明月相伴相随,在人生晚景时回想一生,虽然壮志未酬,但至少活得忠于自我。未必是烟霞的山林有多美好,只是自己孤僻成疾吧。这里面有壮志未酬的自嘲,也有性本孤洁的自傲。每个人在年轻时都有过壮怀激荡的梦想，但是大多数人大概都会和诗人一样，年老时总有那么多遗憾与空叹。

想来这便是人生的常态。

他的另一首《夏日回文》读起来更鲜活，更有生活的生动气息。

前溪远送晚风凉，笛弄闲吟爱日长。
鲜雨着荷池吐绿，淡云飞竹坞添黄。
眠蝉见影随花落，语燕惊雏掠草芳。
天隔树荫山隔水，烟生密槛绕虚堂。

溪水、晚风、笛声、荷盘、雨点、云朵、飞鸟、蝉鸣、芳草、炊烟、虚堂……意象丰富，色彩明艳，动静相宜，虚实相映，整个一幅惬意的乡村夏夜图。全诗用语都是描述性的，很浅白，很好理解，也很有画面感。不由得一边读一边就会展开想象力，触觉、听觉、视觉……感官全方位被诗词调动起来，仿佛所有的景致就在眼前。我想诗人作诗之余一定也会画上两笔，不然不会有如此鲜活生动的形象感受。相较于《山居》一诗，这里没有自我价值观的标榜，却有一种发自内心的对于田园村景的享受与热爱，更能看出诗人的志趣。

世界向来是喧嚣而热闹的。是追逐着热闹，把自己付与红尘俗务百般纠缠计较，还是选择回归自然，与虫鸣鸟语相伴，这大概对于古今的文人来说是一个永恒的命题。永泰诗人王辉章的选择为我们提供了一种参考。

不由得想起春节期间央视《经典咏流传》节目里的一首由山区支教老师和山里的孩子们演绎的古诗《苔》，曾令很多人眼红鼻酸，犹有余念。"白日不到处，青春恰自来。苔花如米小，也学牡丹开。"小小的苔米自开自落，不惧孤单，不舍微茫。这首沉寂了二百余年的小诗，在《经典咏流传》的舞台，被乡村教师的吉他声和山里娃的童声"唤醒"。

在永泰诗人王辉章的这些诗句中也能读出同样的况味。这位王辉章，能够查到的资料非常少，只在《清代回文集（六）》中找到如下只言片语。"王辉章，字钰相，福建永泰赤岸人。清咸丰五年乙卯副元，历建宁教授，建安、浦城、崇安、瓯宁、归化、建溪、汀州等地教谕训导。著有《绀珠集》《布帆无恙集》《缘情集》。"大抵知道是哪里人，做过什么工作，留下几本书，平凡如你我。有一点对于文字的喜爱，一生所见所感诉诸文字，留下几本书。相较于浩瀚星空中那些负得盛名的大诗人，我想在中国漫长的文学史上，更多的是不可计数的小文人，名不见经传，一生不过如此，日常中坚守着自己的人生追求。成名成家的也就是那么几个，但对于文学的热爱让你会坚持着写作，坚持把自己的所思所想、所见所闻用文字表达记录下来，留下鸿爪雪泥。或许在若干年后，有那么几个人跨越时空与自己发出的微弱回声呼应呢？这大概就是文字的魅力所在吧。

平畴分束掬针尖，

手力还须脚力兼。

六十日黄都入土，

尚留密缝补黄占。

我不知道今天的九〇后、〇〇后读了永泰诗人黄庆安的《插秧词》，是否还有和我一样的亲切感。

没有经历过农忙时节的人，是无法诉说那种忙碌中的充实和喜悦的。

小时候在乡下，年一过，到天气晴暖的三月底四月初，《插秧词》中描写的劳动场景就慢慢展开。

是节日。一年中最为重要的两季农忙：插秧、收稻谷。因为这关系到一家子一年的口粮。

在我们家，大人少，孩子多，一到这个时候都会请人帮忙，好酒好菜招待着。父亲是泥瓦匠，手下有一班年轻的徒弟。到了农忙时节，那些徒弟就是主力了。那些哥哥们来家里，非常恭敬地管母亲叫"师娘"，听母亲的吩咐做这做那。对我们也很恭敬地称"师妹"，听来有种小小的自得。他们不仅来，还会带些小点心啊水果什么的。当然，作为师娘的母亲也会备下好酒好菜招待他们。

恍惚的记忆中，稻种是用水浸泡过后的谷粒，发出一丁点小芽之后，被撒在一小片水田里，随着春光，慢慢长出秧苗。早春还很冷峭，农人会用薄膜把这小片秧田遮盖起来，像对待婴儿一般轻柔备至。

秧苗长到大概半尺，就用小刀一样的铲子，连着泥土一方一方地铲起来，放到箩筐里，挑到更广大的田中。这便进入插秧的真正阶段了。

有的田地非常宽广，往往不止一家人拥有，人们为了不越界，会在田埂的界碑处拉一条绳子到对岸。农人便沿着这条线绳，一行行一颗颗插下秧苗。"插"字是很准确的。不是种，不是栽，就是插，又快又准。左手拿着一把秧苗，右手一小束一小束掰出来，三指拈紧，直插到田里。身子一直是弓着的。脚踩在湿滑的泥田当中，要保持身体的稳定，又要在起脚时不被泥土牵绊着，确实需要手力脚力配合。"平畦分束掬针尖，手力还须脚力兼"是很能形容劳作的特点的。

因为大家都在一块儿劳作，偌大的秧田便成了赛场，高手们互相较着劲，看谁插得又快又好。看他们手脚配合着，一步一插，没有停歇，速度非常快。沿着他们半弓着的身影望出去，行行秧苗之间的距离均匀得不可思议，横平竖直，像我们小学生习字本上的格子一样整齐。

那是小小的年纪里第一次懂得欣赏劳作之美。第一次在心里发出惊叹：这些人真厉害呀！

我想他们在劳作的时候内心一定有节奏与旋律，不然何以动作如此娴熟与轻巧，充满了节奏感。那种专注，那种挥洒自如，那种因为技艺高超而充满了美感的劳动真是令人向往。

当然一整天弯腰也是极辛苦的。累了一天，主妇们都会炒菜，打烧酒，好好地款待辛苦劳作的男人们。大人们喝着小酒,我们在桌边吃花生,吃胡豆,听他们高谈阔论,憧憬未来的收成,感觉农村最好的时节就是如此。

确实是节日呵。众人一起劳动,既辛苦也快乐、充实,一起大声说笑。这时候爱开玩笑的人是很受欢迎的。有人讲了一个笑话,像明星一样,引来众人呼应,你一句我一句,热火朝天。孩子在田埂边奔跑,玩闹,也帮着拿点心、包子、馒头,倒茶水,跑来跑去很快乐。这个季节也是野菜勃发的时节,我们会在田埂边挖"折耳根"——学名鱼腥草,故乡人最喜爱的一种野菜。长长的根茎,摘成一小段一小段,辣椒油凉拌,脆辣有异香,且清热散寒。还有雨下过之后的木头上长出的野木耳、遍地的马齿苋也都是美味。大人们在田里有时候会踩到泥鳅或者抓到小龙虾、小鲫鱼,孩子们便像得了最好的玩具一般,高兴地抢半天。有时还会捉到一种野鸡,因为生活在秧田当中,所以我们管它叫秧鸡,学名大概是鹧鸪吧。因为吃田里的谷粒虫子,肉质极鲜美。那时候没有环境保护意识,捉到了自然就成为农人们晚餐桌上的下酒菜了……原谅我,把插秧和收稻谷的很多情景都记混了,儿时的快乐在时间深处被粹洗提纯,其间或许有些不那么精确的地方,但回忆起来是热闹欢腾的。可惜二三十年前农忙时节的记忆,随着农村耕田变成高楼,农人变成打工者,一切都在慢慢消失。

常常想这些关于古老的农耕中国的记忆,正是借由《插秧词》这样的诗歌作品,一代一代被传唱下来,保留下来。也许有一天农耕生活会消失殆尽,一切都被机械代替,所有人生活在科幻影片当中满是机械产品的外太空里,我们将无法体会到古老的农耕社会的日常。真希望有画家或者纪录片导演把这些尚存的农耕生活记录下来,不然我们如何知道短短几十年社会的变化如此之巨?没有经历过乡间农作的后辈们在读到这些诗词的时候,该如何想象诗中的一切呢?

不老少年

跟一个朋友聊天,她说我现在要拼命写字挣钱,我说然后呢?然后就可以安心地写字。

可以安心地写字,写自己喜欢的东西,写自己觉得舒服的东西,估计是很多"文字民工"的终极理想吧?可是赚够了钱就能够安下心来写作吗?我很怀疑,有的时候写作这件事可能更多的是跟心态有关。

八十多岁的陈清狂老爷子肯定会同意我这观点。

第一次见到老爷子是二〇一二年春节的时候,文联和市里的领导去他家拜年,我们作为小兵兵跟在后头。老爷子个头不高,当时穿着阿迪的夹克,手里拿的是最新版的iPhone,正在为家中网络断掉,看不了欧冠球赛跟老伴儿发脾气。我们的到来正好给这个任性的小老头一些安慰。

当时聊什么忘记了,反正老头儿聊高兴了,一趟一趟地跑进书房拿出他收藏的书啊字啊给我们看。我才发现他的书房，跟个仓库差不多，整间屋子码着一大摞一大摞的书，快要顶到天花板。各种书，有的都泛黄了，还有线装书、手抄本，同去的小伙伴们都惊呆了。这对于爱书之人来说，跟到了地下金库一样。

后来领导们还有公务纷纷告辞，老头儿任性地说，你们走吧，小曾留下来再坐会儿，陪我聊聊天。我面露尴尬。领导显然知道他的脾气，笑笑说，好，你也是写字的，陪清狂老师多聊聊。我心想，我这写字的跟他这写字的可不能比。他一幅字可抵我写半年。于是就坐在堆满各种书籍的大书桌前听他神侃，从其师陈子奋的画聊到当时年轻人当中很热的韩寒的《独唱团》。

走的时候，我从他家的书架上借走一大摞杂志和书。因为怕我提得太重，八十几岁的老先生固执地要送我下楼，还站在路口跟我一起拦车。那天风很大，车很难打，我们在路口站了很久，风把他的夹克吹得鼓起来。

后来多是跟他在博客上往来消息。老先生写博客勤勉得很，三两天头上就有新的文章贴出来。他把这些短小精致的文章收在一起，出了第一本散文集《此情成追忆》，里面深情回忆他的至亲挚友，尤其追忆先师画家陈子奋的文章，声情并茂，读来感人至深。

时隔两年后，又收到他快递的第二本散文集《花间情未了》。都是一个情字。

开篇，回忆他小时候启蒙的场景：

听母亲说我抓周时抱着小人书送到小嘴里咬，围观的人大笑不止。是否真的如此狼狈，为何不抓金元宝？我一无所知。

三岁才有意识印象，记得最早学写毛笔字，启蒙老师竟是识字不多的母亲。她教我执笔要这样那样，我只顾磨墨往铜墨盒里倒，很好玩，弄得手上嘴上黑乎乎。妈妈也没骂我，她满脸笑容，还很得意，以为她宝贝儿子会吃墨水哩。

她先教我写"乙"字，说这是一只小鸟，是什么鸟儿知道吗？我说这是咱家梁上小燕子。

她又教我写"八"字，我说这像爷爷胡子。她说左一撇右一捺，分开就是"八"，靠拢就是"人"。

原来要我写"上大人，孔乙己"。她有头脑，不死抱教科书，先来简单一画，再两画，引你上手，还觉得好玩有趣味。

我不喜欢在有格子的练习簿上写字，就爱在白纸上乱涂乱画。小小年纪就不肯守规矩，受不了束缚。

五岁上私塾，西厢房里几张桌子，一个老师五个学生，全是男的。四个同学有六岁七岁甚至九岁的，就我最小。塾师是我爷爷朋友，我不怕他……

洗去铅华，自然、自由，尤其"我不怕他"，小孩子的稚气与憨态俱出。

有人问阿城什么样的文字是好的，他说就是自然不做作。

深以为然。有的人一提起笔就进入某种腔调,所以市面上新八股横行,清新不做作的文字太难得。而更难得的是返璞归真,即汪曾祺所说的,要经历绚烂之后的平淡才有真意。这很难,非常难。许多人一生以写文为业,尚摸不到边际。

另外就是自由,我想任何一种艺术的最高境界都是自由,自由的表达表现方式和内容的自由,不被捆绑,不受束缚,心手合一。写字如此,书法如此,音乐舞蹈皆如是。我在他老人家的一些文字里看到了自由。

他的文字都比较短小、随兴,有即言之,且真的是"散"文,一时的感悟,突如其来的感怀,他都认真记录下来,读来轻松。尤其一些对艺术的领悟,谈诗词,谈画,谈书法,令人常常一边读一边想在下面点个赞;谈与师友之间的交谊,陈子奋、徐悲鸿、周昌谷……大师们都在他笔下成了身边可以交谈的朋友,性情全出;其中忆先师陈子奋的篇幅最多也最感人。

写外婆也有趣得紧,说他小时候寄养在外婆家,家里也穷,舅妈当家,煮的稀饭都可照见人影。外婆于是专门为外孙发明了长柄漏勺,把干的都漏给他吃了;还装成神婆,吓唬胆小的舅妈,要她买鸡腿给孙儿吃……

许多篇章灵动自然,无须勉强回忆,个中情节自然会在脑中浮现,令人莞尔。

老先生其实写字以外的多重身份更加广为人知。他多才多艺,不走寻常路,三岁开蒙学写字,九岁习武,十九岁又学舞蹈,且通音律,吹拉弹唱,样样皆精。其间还画过闽剧脸谱，当过电影院场工，在仓山电影院卖过电影票。"文革"期间敢只身跑北京拜望徐悲鸿家人。后来随国画大师陈子奋学画，伴随恩师陈子奋二十余载，侍学左右，同住同出，亲如子嗣。作为陈子奋的得意弟子，他在书法绘画上的声名早已远播，尤其在日本拥有众多的追捧者，还收有不少日籍弟子。同样醉心于书法艺术的徐杰先生对他十分推崇，并断言"狂老"作品的艺术价值还将被越来越多的人看到。但老先生却说自己选错了道，最爱的还是爬格子。

  我常常在想，到他这个年纪写东西已经没有什么目的性或功利心了，只有真正爱这个，才能如此坚持，乐在其中，就像吃饭喝水，不写不舒服。

  这是写字的最佳状态，也是人生的最好状态。我喜欢这个老头子，但愿我老了也能活得像他这般有趣。

  但去年七月，偶然刷朋友圈看到老人去世的消息。心中惊愕，想起确实多日未曾接到他的电话，听到指点文坛江山、揶揄逗笑了。毕竟老头也过九十，离别是迟早的事。幸而人生最后未在病床上受苦折腾，算是喜丧。有些怅然，有些不舍，倒也不算特别悲伤。

怀念沈丹昆先生

去年八月,为参加闽都文化研究会举办的"近代以来福州与台湾"研讨会,沈丹昆先生回到故乡福州。那是我第一次见到沈先生。他坐在第一排,我把我们的杂志和稿费送给他。

他深情怀念母亲的文章《一脉馨香忆母亲》(原题《母亲最爱茉莉花》)在我们的杂志上刊出,受到很多读者的喜爱。一是对于母亲的深情怀念,一是对于故乡福州的留恋之情。

沈先生的母亲张瑞美出生于厦门鼓浪屿一个医学世家,曾在福州华南女校就读。与丹昆先生的父亲沈祖牟相识于鼓浪屿。当时沈祖牟在厦门工作,曾租住在张家,两个年轻人互生爱慕,结为伉俪。虽然沈祖牟先生三十八岁因胃病早逝,但二人感情极深。张瑞美此后一人抚养了丹昆姐弟五人长大,且个个受过高等教育,成为各自行业的骨干精英,这其间经历怎样的磨难,可想而知。姐弟当中,沈丹昆最小,父亲去世时仅三岁,所受到的母亲的疼爱和呵护最多,对母亲的感情也是最深。在他编写的《相约回忆里》一书中，姐弟们深情回忆与父母亲相伴的时光，说幼时因为贪睡不肯起床，被母亲教训，与姐姐们在院子里帮着父母晒书等等，许多场景都感人至深。

也正是因为这篇文章，我们和沈先生有了接触。当他八月份回到福州宫巷，他邀我们去宫巷沈家老宅参观。

早秋八月是福州最好的季节，暑气渐消，空气清爽。宫巷幼儿园里那棵大樟树的繁枝飘洒摇曳，覆盖了石板小巷的大半个天空。那天沈丹昆先生穿着白衬衣，站在宫巷口等我们。

因为我的粗心马虎记错时间，让沈先生足足等了半个多小时。我和同去的刘小敏老师（杂志副主编）甚为抱歉。而沈先生一脸谦和，将我们引进沈葆桢故居，还周到地备下了点心和饮料。在那间他父母亲曾经住过的老房子里，沈先生给我们看了大量的老照片和他收集的关于沈氏家族的资料。那一个上午我们随着沈先生在宫巷沈家大院里穿行，一代名臣沈葆桢及其后世六代子孙在里面所留下的印记在沈丹昆先生的讲解下一一复活。如果说我这个外乡人此前对于福州的文化有一些感触和体会，那是因为从事刊物编辑的关系，但大多来自书本和文字资料，而随着沈先生的带领，亲手触摸到沈家老宅里已经倾颓的混着蛎壳的泥墙，亲眼看见狭长的通向沈葆桢藏书楼的木梯，一种强烈的难以名状的真实感才浮上心头。

回来后在小敏老师的提醒和督促下写了《宫巷老宅的旧时光》一文，既是对宫巷之行的感慨，也有意替沈先生一直以来想要修缮保护老宅的心愿做一点点微弱发声。其间几易其稿,都将草稿发给沈先生,请他审阅。他极为认真,不仅自己看,也传给他的姐姐们,并将她们看后的感受和意见转达给我。在他的帮助下,文章完成且刊发在《闽都文化》二〇一七年的第二期。杂志出版是今年三月初,照例,我们会邮寄到上海沈先生的家中,但想来正逢沈先生生命中最痛苦的时刻,他正在病床上与病魔抗争,恐怕是没有看到这篇文章。

其实此前通过微信,和沈先生多有交流。得知我有意写沈葆桢与沈家故事,他非常高兴,叫女儿诗云从上海寄来相关书籍,并在微信中说,他已七十多岁,恐来日无多,我在写作中如需什么资料,尽可提出来,他帮我去获取。我想着那日在宫巷见到的清癯有神的沈先生,看起来不过四五十岁,何以言老。想那时,他已知自己身体出了状况,只是不愿身边朋友担心,竟无一字提起。

后来福州几次活动,邀请沈先生回榕参加,都未成行。微信里询问,只说去医院做了体检,小问题。我们也未放在心上。日前突然传来沈先生去世的消息,众人都不敢相信。去年八月一晤,竟是他最后一次回到故乡,回到宫巷。沈先生一直希望能修复开放沈葆桢故居,在微信、报端竭力呼吁,但很多事情不遂人愿,想来这成为他带不走的遗憾。

他自小在福州长大,对家乡有着深厚的情感,回忆里点点滴滴都是小时候在福州生活的场景。说他生病了看西医必找陈国清或丁兆星医生,"丁医生是我大舅父张福星任教圣约约翰大学时的得意门生,从 1956 年到 1972 年退休,长期任福州市卫生局局长。看中医则请吴味雪或他的姐夫陈桐雨医生",甚至连当时吴味雪医生为他开的三张方子都还保留着。

看到我发在公众号上关于福州盲童教育的文章里提到早期在福州盲童学校学习钢琴调音的刘天铨先生,沈先生回忆说,小时候他们家的钢琴都是刘天铨夫妇来调音,"天铨先生有眼疾,都是由夫人领着来家里,调好了会叫我们弹一弹,试一试,态度很和善。有时候还能听到刘先生随着琴音唱歌,嗓音非常清亮……"这些点滴记忆都深深地留在沈先生的脑海里,可见他对于福州的眷恋之深。可惜他再也不能回到福州,回到沈家大院。

那天从宫巷出来,沈先生突然想起什么,叫我们等一下。他返身回到宫巷老宅,挖了好大一把万年青给我们带上,说这种植物很好生长。我和小敏老师难却盛情,一人分了一把带回家。他送我们到巷口,站在那里挥手,目送我们走出南后街才转身回去。时隔不到半年,从沈家带回来的万年青长得青葱旺盛,沈先生却离我们而去了。

辑四　舌尖

……我相信那晚啤酒的确是甜的,后来在任何地方再也没有喝到过了。

舌尖上的相思

怀念一个地方往往从味觉开始。就像我们去一个地方，认识它，也是从味觉开始。尝一尝当地的饭菜，辣不辣，咸不咸，一尝，就尝出感情来了。

在成都，小妹带我吃过一种冰激凌，龙湖三千某个小小的蛋糕店里，现烤的蛋卷，比普通蛋卷整整长一倍，焦香酥脆，咬一口咔嚓响，路过，或者不路过，专门绕长长的路也要去买来过瘾。一想到小妹，就想到她手拿两个长长的蛋卷冰激凌，顾不得过马路拥挤的车流也要舔两口的模样。妈妈在街对面等着她，一边看一边嗔骂，你看看她，这么好吃，咋个办哟！我却看得满满幸福，要多踏实多无忧的心境，才能如此坦然如此专心专意地享受手中的美味呵。

有一年姨父出差，途经福州，特意叫姨炒了麻辣兔丁，用真空塑封了，我和在福州的表姐、表妹，一人两包。一看这通红的辣椒节子，一闻这呛人的花椒香，眼泪和口水都出来了。舍不得一下子吃完，吃一点放冰箱，吃一点放冰箱。老公和汤圆看我这么宝贝，都舍不得跟我抢。他们当然知道，对于他俩，这就是一盘菜，对于我，则是故乡。把里面兔肉挑来吃完了不算，佐料也不舍得扔掉，里面红油辣子可以炒菜，可以拌面条。总之，这味道有多长，陪伴就有多长。

带汤圆去南京玩，朋友带我们去玄武湖、中山陵、明孝陵……各大景区都游遍了，一双脚累到已经发软。到了晚上，还念念不忘要带我们去尝下南京的鸭血粉丝和盐水鸭。傍晚在寒风中等了半天车，终于到了菜市口，却发现她经常光顾的那家粉丝店关门了。旁边的盐水鸭摊档倒还开着。柜台下码了整整一堆的白花花的鸭子裸体，好生壮观。卖盐水鸭的小哥非常热情，得知我们专程来买鸭子，顺手就送了一人一个鸭翅，让我们一边啃一边等他片鸭肉，还建议我们再走两站路，到另一家老店吃粉丝，因为鸭肉配粉丝，才能吃出南京味道。我已然想要放弃，朋友却咬牙坚持。瘦瘦小小的福州妹子，在南京上学、工作，这个城市俨然成了她的第二故乡，她急切地想要把这个城市的好吃好玩分享给我和汤圆，就像我急切地想把自己在福州的一切美好的东西分享给家人，为的是让他们知道我在异乡过得挺好，不用担心吧。果然，饿着肚子走了好几站路，再吃鸭血粉丝别有味道。后来把从南京打包的两只盐水鸭，塑封了装在汤圆的书包里，十好几斤，由他一路背回福州，让从来不出远门的爷爷奶奶也尝一尝南京味道。

有一年，陪两个学设计的同学去阿坝。在当地藏民家里吃手抓羊肉，喝青稞酒，一小支一小支，二三十毫升的小瓶子，看起来极娇小可爱。不会喝酒的我，莫名觉得这酒入口可真甜啊，像沈从文说的"乡下人尝到了甜酒的味道"。于是老乡敬过来的酒一口一口竟不加推辞。喝到后来慢慢感觉脑袋开始晃荡，胸口有东西一阵一阵往上涌，心里却不忘提醒自己，这大概是喝高了，忍住！不能吐。下得桌来往厕所奔，第一次知道脚下踩了棉花是什么感觉，也真正体会到了什么叫"深一脚浅一脚"。摇摇晃晃，站起来却莫名其妙开始唱歌，《青藏高原》《天路》《套马的汉子》《神奇的九寨》……全是土嗨土嗨的大歌。唱完大睡。从此算是领教了青稞酒的厉害。一说起阿坝，最先想到的不是天堂般绮丽的九寨黄龙，也不是辽阔奔腾的草原，竟是外表软萌、内里霸道的青稞酒滋味。

第二次觉得酒好喝是在攀枝花，和十几年未见的老同学相聚。从成都到攀枝花现在仍然没有动车，坐了十来个小时的卧铺夜车到这个陌生的街边堆满了大个儿杧果的城市。昔日的老同学已嫁作人妇，并且是两个娃的妈。以前在学校食堂打饭，每次总是分出一半给我的斯文小姐，现在早餐就能干掉汤汤水水一大碗羊肉米粉，还要外加一支炖羊蹄。晚上她开了近一个小时的车，领着我们吃当地有名的"盐边烧烤"。那烧烤不是以"串"论或以"碟"论，而是论"斤"。

喷喷喷，厚实丰满的豆皮，成块的牛肉，一斤一斤，不知道老板加了什么秘密的调料腌制，一股脑倒在烤盘里，边烤边吃，简单粗暴，却好吃得让人想跳舞。孩子们就着香浓的芒果汁，我们大人则喝起冰镇的啤酒。平时喝起来又苦又酸的啤酒，在那一晚喝起来竟有丝丝甜味儿。是啊，不会喝酒的人说到酒的味道好喝，竟只觉得是甜的，这大概会被品酒达人嗤之以鼻吧，但我相信那晚啤酒的确是甜的，后来在任何地方再也没有喝到过了。于是，时光在我们看不见的地方迅速倒退，退回到我们还是穷学生的模样，退回到青涩懵懂的模样，退回到裙裾飘扬、笑声闹声响彻校园的少年样。

　　最深的情感原来竟藏于舌尖。眼睛看过的，双手触摸过的，甚至紧紧拥抱过的，你以为深深地映在脑子里了，但真的去回想，却要好吃力才能勉强拼凑出完整清晰的模样。但舌尖的记忆却是永恒的，不用回忆，不用追索，一触即发。来一碗羊肉汤，一碟干辣子，甚或一碟泡菜……一切的一切就都回来了。

长乐杠面

1

去长乐海滩游玩归来,已是夜幕降临,同行中还有人兴致高昂:走,我带你们去吃一家很好吃的面——长乐杠面。

什么是杠面?还第一次听说。

车子七弯八绕,打了好几个问路的电话,绕到一个很乡下的地方,路颇难走,又无路灯,两边都是田畴、青山,间或有一辆装载着渣土的大车迎面冲过来,都担心是否能顺利交会。内心忐忑,心想也只有正儿八经的吃货才会干这种事。好不容易走到这家店门前,已是晚上八点多。大门紧闭,二楼似乎有灯光,叫了几声却没有人应。此时众人肚子已经饿得咕咕叫,无奈,再原路返回,街边随便找了一间米粉店填饱肚子。"寻杠面而不遇",便成了一个放不下的念想。

2

过后没多久又赴长乐的乡镇采访，例行公事完毕，已到了中午饭点儿。正在想着接下来又将面对什么样的餐会排场，不善饮酒的我心里惶惶然，却听楼下的工作人员大声喊，食堂开饭了！心里石头一下子落下来，跟对方领导说，我们也蹭食堂吧。

负责接待我们的小林面露难色地说，老师，真是很不好意思，食堂也没有提前备料，只能跟着大家吃工作餐了。今天周二，按惯例吃杠面和粉干。杠面？我一听杠面，高兴地叫出了声，太好了！小林莫名其妙，但她若是知道我们前些日子夜寻杠面而不遇的经历，大概就能理解我何以喜出望外了。

拿了饭盆儿跟在两溜长长的队伍后面，远远地就看见两个大师傅从食堂的操作间里抬出两个大盆，正经锡制的澡盆，重重地摆到大木桌上。一盆粉干，一盆是杠面。吃的时候自己拿大勺往盆里打捞，吃面还是吃粉，自由选择，管够。轮到我时，我当然选择吃杠面，想起那晚千辛万苦寻杠面而不得的悲惨经历，恨不得一下子吃他个三碗不过冈，于是抡起大铁勺，狠命往盆里一挖，那白白嫩嫩的面条，夹裹着排骨、蟹脚、鱿鱼、白菜叶……仿佛捡了天大的便宜，一勺下去满足得很。

端着面赶紧找个空位置坐下，抽出筷子，开吃。此时侧耳一听，满食堂都是"呼噜呼噜"吸面条的声音，壮观得很。我一面吃一面忍不住笑起来。一桌的人不明所以。他们每周两次这么集体吸面,已经对这山呼海啸的呼噜之声见怪不惊了。

3

虽然生于南方,不以面食为主,却也颇能领略到面条的神奇。面条真是好东西,一捧面粉,加点水,可以变幻出如此顺口顺心的美物。发明面条的先辈真是伟大,单单就面条的制作与分类恐怕都可以开一门系统课程。北京的炸酱面、山西的刀削面、兰州拉面、陕西的油泼面、成都的甜水面、担担面、铺盖面、渣渣面、宜宾燃面、重庆小面、武汉热干面……从做法到用料,不可胜数。

杠面没有这些面这么声名远播,未来福州之前是没有听过的,其形状有点像早先吃过的日本乌冬面,粗大的圆条。至于何以名"杠面",我问了当地人,有人说是因为福州话手擀面的擀字音同"杠",所以叫杠面。但我不以为然,我总觉得因其形状粗大,如同小时候母亲嫌弃我切的土豆丝可以做"抵门杠"一般,必要以此"杠"字形容面条的豪迈粗壮才够准确。杠面以手工为主,面团要不断地手工揉和,提前一晚发酵,然后用切面机切出粗圆的长条。相比重庆小面的麻辣浓烈,杠面是温和鲜甜的;相比兰州拉面的柔顺细滑,杠面又是淳厚耐嚼的。因此,在这么多种类面前,杠面也没失了它的特点,一下子就能让你的心和口都认出它并记住它。

一碗口感鲜甜的杠面,汤底是很重要的。长乐滨海,除了要用老鸭汤或上排汤做汤底以外,还要加入虾米、鱼干、三眼蟹、蛏、花蛤等等丰富的海鲜配料，光是听一听，这豪华的汤头就已经让人垂涎了，若是在冬天，面对一碗热气腾腾的杠面，不吃得"呼噜呼噜"的怎么对得起自己？

后来向长乐当地人打听，说最好的杠面在鹤上镇。也不知道是否就是我们那晚辗转不遇的地方。因为没吃上，心里总有惦记，于是专门和友人在白天再去了那家店，但很多时候刻意为之反失了味道，吃起来也不过如此，倒不如在大食堂吃到的那碗大盆面那般惊艳。

4

其实关于吃面，总还有另一个故事要讲一讲。

去连江定海古城采访回来的晚上，一车的人肚子饿了，原籍山西的席扬老师说要请我们去吃面。山西刀削面当然是代表性的。那一晚我们在南江滨"山西面馆"的二楼吃了各种酱料的杂酱面以及山西的野菜炒鸡蛋、凉拌驴肉等等。又听他以豪迈的口气讲了好多的故事。讲他的父亲少年时如何被国民党抓了壮丁，又如何作为俘虏跟着共产党……一生充满了传奇。他自己研究现代文学，被福建师大引进来福州，但走到哪里，都和老父亲相依为命。说老父亲近九十了，患老年痴呆，竟回复到婴儿时的模样。说完他父亲一些好玩儿的事情，他总止不住咳咳咳地笑。

可惜的是，过后没多久，就听说他早上跑步时突发心梗去世的消息。又过了好久，他的名字和手机号还在我的通讯录里，一个个性鲜明得令人难忘的老师。以后每次路过南江滨看到"山西面馆"的灯牌亮着,总想起这位只有一面之缘的老先生,总想起他抽烟过多发出的"咳咳咳"的笑声,像在咳嗽一样。

5

唉,不是说吃面吗?

碧玉卷

那时候杂志社在西湖公园门口,谁领了稿费,凑一凑,就会到附近的餐厅聚一番。最方便的是隔壁的建设公寓餐厅,这其实是建设厅的内部食堂。大概因为是友邻,我们也可以享受员工待遇,同样的价钱可以吃到比市面上更丰盛健康的菜品。印象中的花蛤蒸蛋,一小盅一小盅地排成方阵,摆在一个长方形的大铁盘里,厨师刚端上来,一下子就被抢光。我好奇,怎么可以把鸡蛋蒸到那么嫩滑,奶黄色的蛋羹上面还有一两粒花蛤,外壳微张着,蛤肉白白嫩嫩,旁边几颗鲜绿的葱花映衬着,充满了诱惑。

还有一道"起司鳕雪酥"也好吃。鳕鱼肉切成方块,裹上油炸粉,炸得金黄。鳕鱼肉本来就极鲜嫩多汁,加上酥脆的外皮,蘸一点点起司酱,一口咬下去,咸甜酥脆,口感丰富极了。不知道现在建设公寓餐厅还开着没有,真想哪天再去点一份解馋。

如果时间充裕一点，几个人就步行穿过北大路，或者沿西湖酒店走到三角井，走到梅园——那也是我们办公室几个人经常聚餐的地方。

"梅园"，一听这名字很文艺的样子，也对了一帮文艺青年的胃口——虽然本质上都是"吃货"。餐厅在二楼，有几样是必点的：碧玉卷、烤鸭、酥饼。如果人多，就要一份八珍鱼头煲——齐活儿。

"八珍鱼头煲"很是壮观，一个大大的铁瓮，比北方涮羊肉的铜炉小不了多少，鱼头、干贝、排骨、粉丝、白菜、蛏干……还有什么忘记了，应该是八种食材，一股脑儿全煲在里面，咕嘟咕嘟冒热气的奶汤，散发出令人温暖踏实的醇厚香味儿。如果是冬天，一桌人围在一起，边吃边聊，喧闹又热烈。

但一席结束最令我心仪想念的还是碧玉卷。大概食物也有一种气质，也讲究一个眼缘。如果说八珍鱼头煲是一种世俗的热闹与温暖，碧玉卷倒有点安静恬淡的贵气。就像汪曾祺的文章里谈到他的老师沈从文吃东西时说："沈先生吃了两片茨菇，说：'这个好！格比土豆高。'我承认他这话。吃菜讲究'格'的高低，这种语言正是沈老师的语言。他是对什么事物都讲'格'的，包括对于茨菇、土豆。"

据说文艺女神汤唯明明喜欢吃回锅肉，偏要说自己喜欢吃香菇木耳，她大概觉得回锅肉比香菇木耳格低了一点，但味蕾是骗不了自己的。

"碧玉卷"属于格和品都一致的，色香味都不会让人失望。

光听听这名字——"碧玉卷"，多有美感啊。一端上来，真的如碧玉一般翠绿色的外皮,跟春卷一样一条一条堆叠成三角状码在盘子里。内馅儿又比春卷来得丰富。香菇、鲜笋、腌肉,切成细丁或细丝儿,加香油炒熟。专门问了厨师这皮是怎么做的,这么鲜绿的颜色。原来是用浸泡的大米加了切碎的韭菜,磨成米浆,在平底锅上摊出来。这很考验功夫啊,大米、韭菜和水的比例要怎么掌握,既能保证饼皮软糯口感又有如此鲜亮的色泽?唉,专业的问题留给专业的人去考虑,美食当前,先吃再说。此前还貌似斯文的女文青们,十指轻拈,朱唇轻启,丹蔻与碧玉艳得耀眼,瞬间一整盘被消灭。——减肥大计毁于此卷矣。

只是从什么时候开始,我们少去了呢?

前些年杂志社改制,一帮吃货各奔东西。有文质彬彬的书生去了广州当起了创业者;有满嘴之乎者也的学究去了北京,据说还娶了一位女博士;也有当年的快乐单身汉成了全时段顾家暖男,资深美女提前享受退休生活;还有人扛个摄像机满世界旅游拍片子……而我继续留守在这个城市,只不过换了个地儿继续爬格子赚稿费,偶尔跟朋友小聚一通,竟再也未去梅园。

时隔近十年,在光明河畔一家也叫梅园的酒店吃到同样的食物,竟然有种他乡故知的感动,那些熟悉的日子仿佛一下子又回来了。舌尖的记忆最顽固,它仿佛是一颗扔进水面的石子,也仿佛是通向往昔岁月的密码,时间再长,都能够一触即发,一幅幅画面就接二连三地浮现出来。

北大路上那些开了又关的小店,两旁拆了又建的高楼,西湖公园每天清晨傍晚壮观的广场舞人群，三角井人潮拥挤的菜市花店……一层一层，一波一波，记忆翻涌，令人唏嘘也令人欣慰。一时兴起，想打电话再把旧友们约出来饕餮一番，拿起手机，一个个翻出号码又觉太过刻意。

　　时光流水，不必强留，该重逢的总会重逢，谁知道会以什么样有趣的方式呢？

街边烤馕

汤圆学校旁边有一个卖烤馕的新疆人,他每天上午大约十点钟出摊儿,一个推车,车里是一个烤炉,他站在车子后面一边揉面,一边做。一炉一炉的馕烤好了,他用一根铁钩把烤好的馕从炉子里挑出来,摊在柜面上。烤好的馕焦黄焦黄的,上面均匀地撒满了白芝麻,边上一圈微微膨胀着鼓起来,中间的部分又薄又脆,非常香。柜面上一个四方的塑料收纳盒子,里面都是零钱。一个馕三块钱,非常便宜。因为小哥腾不出手来收钱,他都是让顾客自己在钱盒子里面找钱,他头也不抬下。顾客自己扯了塑料袋子,挑好了馕,把钱放进钱盒子。车架上也贴了收款的二维码,微信、支付宝,没有零钱的用手机一刷,很方便。

汤圆早上出门前经常会问我拿几块钱,中午或下午放学时路过新疆人的小摊,就去买一块馕,一边走一边吃。有一阵子几乎天天买,有时候吃不完的带回来扔在桌上。我忍不住掰一小块放嘴里，嚼一嚼，确实很香。

老板估计每天看到汤圆也会很亲切。这小胖弟这么爱吃馕，怕不是新疆的儿子娃娃。

有一天，汤圆回来问我，妈妈，我们同学说叫我不要去买馕，说新疆人都是坏人。

我跟他说不是这样的，哪里都有好人有坏人，新疆人里面也是好人多。我说你天天去买馕有觉得他坏吗？儿子说，没有呀，我觉得他很好，每天准时上班，一刻不停地站着摊上揉面，做生意，下雨天也不例外。我们上学时他站着做馕，我们放学时他还站着，一站就是一天，挺不容易的。我说是呀，人家安安分分凭自己的手艺挣钱，做出来的馕好吃，又不贵，怎么是坏人呢。

汤圆说，可是他长得有点凶，耳朵下面有胡子，脸黑黑的，又不太讲话，偶尔讲一两句，怪怪的声调——但是他对我还不错。我说是吗，咋不错？他说我经常去买馕，他还会跟我开玩笑。有一天他从炉子里掏出烤好的一条小鱼，还问我要不要吃。我跟他笑了笑，说不吃。我说是吗？人家这不挺好的嘛。

汤圆每天上学放学来回四趟都经过他的小摊，买不买馕都很熟悉了。有时候这小哥还会跟汤圆打个招呼。

但不知道为什么，暑假以后就再也没有看到这个小哥。大概是那一阵子刚好城市卫生检查，街边不准摆摊儿，很多夜市、小摊贩都不见了。卖馕的小哥也不例外。只剩下他的小车摊还停在原来的位置，用胶布遮起来，停在角落。

暑假过完了，汤圆上学放学买不到馕吃，天天念叨，妈妈，为什么没有卖馕的了？我说我也不知道，大概长时间不能做生意，都转行了吧——或者到别的城市去了。

汤圆念叨了好几次。

忽然有一天，汤圆放学一进家门特别兴奋，妈，你明天给我几块钱，那个卖馕的又来了。哦，是吗？好啊。我也好像说不出的高兴，就为了能让汤圆买到一块馕，想起来也怪好笑的。

第二天，汤圆回来时拿了一块热乎乎的馕，说是给我买的。书包还没放下就一副兴奋的样子说，妈，你知道那个卖馕的暑假去干吗了吗？去结婚了。啊，你怎么知道？我问他啦，喂，老板，你怎么这么长时间不来了呀？夏天嘛，回去了嘛。回老家嘛，结婚了嘛。汤圆学着新疆人的口音告诉我，好像得了一个很大的好消息。哦，他知道他的妈妈也是个八卦爱好者，乐意听到这样的消息。我说是吗？那很好呀，你又有馕吃啦。对呀，他还把他的老婆也带来了。两个人一起卖馕。是吗？哈哈哈，新娘子漂亮吗？漂亮。汤圆说，眼睛很大。

这一晚上我们都很开心。为了这一个卖馕的小伙子的好消息。

在他消失的那个夏天里，我心里有好多猜测：会不会这个新疆人嫌卖馕太辛苦，转而去做别的生意了；会不会因为城管管得太严，从此再也不能卖馕了；会不会生计无着，跟着那些不学好的老乡做坏事去啦……大概电视剧看多了，无聊的中年妇女总爱在这样的事情上发挥她有限的想象力。听到汤圆说他又回来了，街边那个弃置了小半年的烤炉又被擦干净生起了炉火做起了烤馕，真是令人高兴。

第二天下班之后，我特意拐了弯路去到汤圆每天放学经过的路上，也想去买两块馕。

那个小贩仍旧低头揉面团，烤馕，面前的柜面上已经摆满了刚出炉的一大堆的金黄的馕，像很多个可爱的圆月亮。一个中年的大姐在摊前一下子买了三四个。我也去买。大姐说很香哈。我说是，我儿子特别爱吃。我们都把准备好的零钱投进小哥的钱盒里。小哥也并未抬头看我。他也不会认得我就是那个爱吃馕的小胖弟的妈妈。只是他身边站着的正在打下手的新疆女子用黑亮亮的眼睛看着我们，她没有戴头巾，五官非常漂亮，简直可以说是艳丽了，尤其在这个车水马龙的闹市街边，像一朵绽放的黑玫瑰。

温和的线面

福州人生病或者坐月子,亲戚会送线面,就跟其他地方送鸡蛋、送补品一样。长长的一把,卷成一小捆,吃的时候往滚开的水里一烫就熟。

真的是"线"面,细若银丝,可穿针孔而过。

走在福州的老街巷,还经常可以看到过道或低矮的房顶上有人晒线面。竹编的筛子里,一捆一捆,晒干了放进袋子里,用绳子系紧袋口,可以存放半年。去永泰嵩口的古街,出太阳的天气,还能看到街上有人拉线面。在此之前,师傅已经完成了和面、醒面、分条等等繁复的工序,等太阳出来,就可以晒面了。先把粗重古朴的线面架子沿街排列,中间隔两人宽的距离,已经分成一箸一箸的线面取出来,一头架在面架上,另一头擎在双手里,弓身向后用力一拉,线面就抻得长长的,匀着劲儿再拉几次,原本筷子粗的线面就跟银丝一般又细又长。一架一架线面像布匹一般在阳光下闪着光,让人想起乌镇染坊里青蓝色的布帆，只不过这是白色的线条组成的是"白帆"。

拉线面是技术活，力道掌握得不好，粗细不均匀，容易拉断。师傅看我很感兴趣的样子，把线面架交给我，让我去试。我赶紧推辞，这是多少年练就的技术活，我可不敢哗众取宠。

很多年轻人不爱吃线面，觉得没什么味道。是啊，网络时代，可选择的美食那么多，想吃什么，点一下就送到，谁还会满足于线面单调的口感呢。除非生病或者胃不舒服的时候，被长辈们唠叨着只能吃线面。炖上一锅排骨汤或土鸡汤，线面放进去烫一下，放一点茶油，吃上两三天，胃疼能明显见好。

线面的性格有点像一个温和良善的老人，只是太隐忍了些。

刚来福州曾经租住在城市西郊的一个小区，邻居是一对老年夫妇，带着一个小孙女。我们都住在一楼，后门有一个小院，隔一个铁栅栏。经常有楼上的住户把喝完的酸奶盒子或者纸巾随手往下扔，好几次我打扫院子的时候冲着楼上一阵叫骂，但这骂声消散到空气当中没着没落，不过自己发泄发泄罢了。有一两次我气极了要一家一家去敲门，邻居家奶奶就一边笑，一边给我看她家院子里捡的各种垃圾，用福州话说，算了，算了。

她家的院子要大一些，除了中间的草坪，四周留了一圈种菜。小葱、花菜、蒜苗，还有天津白。檐下还放了一个竹笼，里面关了几只母鸡，下的蛋拿来蒸鸡蛋羹给小外孙女儿吃。

我们住的这一片很多是拆迁安置房。政府大兴土木,地皮变得金贵,能盖楼的地方通通被利用起来。老住户们低矮的房子被拆了,像拆掉一个个纸盒子一样,然后在这块小小的地皮上面耸立起高楼,以昂贵的价格卖给涌入城市的年轻人。有人不愿离开,就选择原地安置,住进了商品楼,但生活方式并没有改变。

这一对老头老太太就是这样,他们生活了大半辈子的地方一夜之间从农村变成了城市,但他们还舍不下种菜养鸡的生活。我和先生也都是农村出来的,习惯了邻里之间的热络,跟这一对老头老太太便多了几分亲近。

时常下班回来,窗台上搁着一小把新鲜的青菜,不用说,那是隔壁老奶奶放的。我们也时不时地把老家带来的柑橘、地瓜、冬笋分一些给他们。

有时候,碰到我们加班,汤圆没人看,就放到她家里,拜托她帮忙照看。老福州人照顾孩子那真是细心,我见她给小孙女儿煮线面,先把肉泥蒸好,再把线面剪成一小段一小段下锅煮,等煮好了,用筷子或者漏勺把汤滤掉,剩下的面条就往肉泥里一拌,做成线面糊一样,小孩子一勺一勺吃得很顺口。

我原以为他们家就是两个老人带着外孙女一起生活,没想到有一天去接汤圆却发现里屋一间卧室里还有一个年轻的女人,这么长时间进进出出我们居然从来没有照面,也没有打过招呼。我有点好奇,但看老太太闪烁的眼光只好打住。后来听其他的邻居讲起,才知道这是老太太的女儿,也就是小女孩儿的妈妈。据说先生出国打工好几年了，一走就杳无音信，女儿原本还出来走动、上班，近两年把工作也辞了，就整天把自己关在家里，不出门，也不跟人交流，仿佛丈夫的不归是自己的过错。两个老人没有办法，只能和女儿一起默默地忍耐着，盼望着女婿、丈夫、父亲，哪一天突然归来。

后来我们搬走了，我还时常想起老太太放在窗台上的青菜。给孩子煮线面时，也会像那个老太太一样，用剪刀剪成一小段一小段再下锅。但汤圆慢慢长大，已经不爱吃味道寡淡的线面了。

我第一次感觉到线面好吃是在单位的值班室。因为来例假，天气又冷，肚子痛得不行，只好把午休的折叠床搬出来蜷在上面，充上热水袋，盖上被子，仍然觉得冷。门卫老潘一家周末也住在单位里面，到了中午，看我没出去吃饭，就过来叫我一起吃。我没力气，也不想起来，隔着门说，不用了，我不饿。蒙着头继续睡。

一会儿老潘的妻子——在院里打扫清洁的少英又来了。隔着门叫了好几声，说帮我煮了面，叫我起来吃。我很不情愿地起身开门，少英正端着斗大一碗线面站在门口。我接过来，捧着那大瓷碗，双手一股温热。细若银丝的面线在汤里漂浮着，像一团白云，上面还盖了两个煎蛋，是的，两个！煎成金黄、厚实的椭圆形。汤里应该加了不少老酒，浓浓的香气一下子让整个值班室雾气蒸腾。少英说，我炖的猪肚汤，用来泡线面，刚刚好，你快吃。

我大叫，这么多我咋吃得了啊！少英可不管，说，只管吃，吃下去暖和了，肚子才不会痛。

连面带汤，一整碗呼噜呼噜吃下去，果然整个人热起来，肚子也不那么痛了。以后每次腹痛我都想着用少英教我的方法，自己也来做一碗猪肚线面，但每次都失败。要么汤炖得不够香浓，要么猪肚煮得太老，要么线面泡太久……总之再没有那天吃得那般美味。

看来饥饿是最好的调味料，人与人之间的温情更是不可或缺。

说起来老潘两口子在我们单位已经干了小十年了，平时送个文件取个快递，只要说一声，谁的事儿他们都办得好好的，甚至有时候私人小事请他们帮忙，也不加推辞。时间长了，我们都习惯了他们的善良和付出，觉得一切理所当然。

少英性格内向，平常很少跟人说话，看到我去单位会拉着我聊会儿家常。她知道我最近报名驾校学开车，每次见面都问我学得怎么样了。他说他儿子也在学车，教练可喜欢他了，总共加起来练了不到三天就考过了，还帮着教练培训学员。他说平常都是学员请教练吃饭，他儿子却是相反，教练还请他吃饭……

这是她难得的话多的时候，儿子这一小小的成就对于她来说是了不起的骄傲。我讪讪地笑着，说自己考了几次了还没考过。她非常热心地说，那叫我儿子告诉你诀窍，你一定能过。她不知道，动手与动口完全是两回事。多说了几次，我一听就怕了，赶紧跑。

但是下次见面她一样的热情，一样地拼命拉着我聊开车。

她负责我们单位各个办公室的清洁,仿佛是有洁癖一般,见到哪里有一点点脏,就赶紧拿着抹布去擦掉。有一次来我办公室,见到地板上有一点陈年的黑渍,二话不说,蹲下就擦。我说擦不掉的,一看就是很多年的陈迹了,除非换地板。她偏不信,跑回去拿了一个小刀片,那刀片一端缠了厚厚的布条,一看就是她常用的称手的工具。她固执地蹲在地上,三下两下,把那块黑渍给刮掉了。还不罢休,像上瘾一样到处找寻别处的黑渍,一一刮掉,然后很有成就感地站起来跟我说,你看,我说一定能清理的吧。我除了一直说谢谢,好像也不知怎么表达了。我甚至在想,如果要评选单位里最敬业者,清洁工少英可能是最佳人选,可惜,没有人给一个清洁工颁奖。

线面让我常常想起这些人,他们温和、良善,小心翼翼地活在这个世界上,处处尽着一个人的本分。他们一辈子可能也没什么值得歌颂的丰功伟绩,永远默默无闻,可能是身边最容易被忽略的那一个。你尽可以毫无顾虑地拜托他们帮忙做这样那样的小事,他们总是热情地应承,满脸谦卑。你也觉得理所当然。只有哪天,他们不在或是换了一个人的时候,你才觉察到这些人如此珍贵。

婆婆妈妈

网上有人调侃说,过年回家待上十来天还不跟家里人吵架的,我敬你是条汉子。这话听起来有点不恭,其实还是有一点道理。我不能想象假如长期跟公公婆婆生活在一起,会是个什么场面。

不是我受不了。先生第一个就想逃。

早年,他曾经连着几年不想回家,结婚之后才算浪子回头,体会了一些为人父母的难处,回家还会耐着性子陪老头老太聊聊天。

想起有一年回家待了几天,先生有一次喝了茶,茶盘茶桌扔一边没及时收拾,被老爹给清理了。为这跟老头子生气,饭也不吃,一个人躲到房间看电视。弄得老妈两头劝,急得眼眶红红的。但于他我也能理解,家不就是让人放松的地方吗?如果回到父母家还要时刻绷紧神经,又怎么叫回家呢。倒是我皮厚,反正听不懂公公婆婆讲福州话,他们念叨,我只当耳边风了。

最近这两年,公公婆婆也不念叨了。任我们早上睡到九点多,他们也不催着我们起来吃早饭。他们忙他们的,我们睡到自然醒了,起来想吃便吃,自己煮几颗汤圆或热一碗粉干,他们也不管了。

倒是自己越来越像婆婆,爱念叨,有洁癖一般,看着儿子和他小表妹两个在地毯上吃花生,吃瓜子,生怕他们把垃圾掉在地毯上,好难清理。然后就一刻不停地盯着,各种紧张,各种不顺眼。早上自己一睁眼就开始催促躺在床上看电视的儿子,催他起来,刷牙,洗脸,吃早饭,写作业,催他关掉电视,催他一切……真是,仿佛老之将至。

大概只能真正懂得了生活的不易,才能理解公公婆婆对于拥有的一切那种小心和爱惜。

假期结束,我们离家返城前一天,婆婆又开始紧张了。要带的东西好多,生怕我们漏掉什么。

整只鸭子打理好了,给我们分成几袋带走,叮嘱放冰箱里,要吃的时候,拿一袋出来褪冰。煲汤,清炖,红烧,或煸炒,可以吃好久。除了整只番鸭,还有她养的土公鸡,一只十几斤。然后是卤的鸭脚鸡翅猪脚,树上长的柑橘、血橙、百香果,地里埋的生姜、芋头、冬笋……柜子里储的炒花生、煮花生、年糕、白粿,还有一大瓶自家榨的茶油……总之一切可以带走的,都装了一包又一包。把车后备厢塞得满满的,恨不得把家都让我们搬走。

橘子挑个儿大的给我们,拣一半,她顺手剥开一个,撕掉外皮，开始吃，一边吃一边感叹，好甜，真的好甜！把手里另一半递给我。我很配合地接过来，放一瓣进嘴里。她一边吃一边看着我，等我也像她一样赞叹，好甜好甜，真是好甜！

这些都是她和公公种下的。我以为他们都吃够吃腻了，但她每次吃都还是发出赞叹。

想起有一天，她带着我和老公去地里摘橘子。她说今年种了新的品种：沙糖橘。到了地里，她指给我们看，青梅林里，一排矮小的橘树上结了小小的比拇指大不了多少的小橘子，红艳艳的确实很可爱。我们坐在地里一边摘一边吃。她急切地望着我们，等着我们发出赞叹。那种期盼和我把刚写的文章发给最信任的老师看了等她评价一样急切和忐忑，并且深怀着骄傲。

婆婆不会说普通话，每一次回去，我说普通话，她说永泰话，她说她的，我说我的，懂了没有，各自猜。尤其在做饭的时候，经常她说完，以为我听懂了，转头我就开始大叫，汤圆，奶奶说什么？再得儿子翻译一遍。所以，更多的时候，她做了什么我吃就好了，不提意见，反正也听不懂。

春节假期我们回去多少天，她就得辛苦多少天。多了几个人吃饭，她一天的工作就是吃了上顿愁下顿，下顿煮什么。

她自己不吃羊肉，一边打理，一边快被那羊膻味熏得要吐掉的样子。我说你不吃还煮它干什么呀！她说，你们爱吃啊！

然后翻厨房，居然发现橱子里有一罐野山椒，我大惊奇，问她，谁吃的呀？她用永泰话说着邻居谁谁谁告诉她，泡凤爪比卤鸡脚更好，更不会坏……汤圆都惊呆了，大声叫：奶奶你会做泡椒凤爪呀！但是她怕辣，做好了也不敢尝，只叫我尝一下。嗐，这辣味，太客气了。我很不屑，从柜子里取出新鲜的野山椒，旋开瓶口，连着泡椒水倒了快小半瓶进去。她满眼惊恐地看着我，想说什么，还是没说。过了一会儿，尝了一下，嗯，有辣味了。叫她尝尝，她连忙推开老远：应内应内（不要不要），闻着都辣哟，应内应内。

家里每一餐开饭的时候，她一碗一碗地端上桌，然后我们开始吃了，她还在灶台前收拾。我系上围裙，要跟她一起做，却总是帮不上忙。应内（不用）你做，我做！一边说一边把我推出厨房，叫我先吃。于是每一餐，等到她忙完上桌吃饭，大家也都吃得差不多了，就只剩她一个人。大家似乎都习以为常，我却总是吃得不踏实。多少年了，总是如此。大概天下的母亲都是付出型人格。

轮到年夜饭了，碗筷都摆好了，她还在厨房忙活收拾。公公大概也觉得过意不去，想进去帮忙。结果一进去，哐当一声，什么东西倒了。

儿子一下子冲进去厨房看热闹。原来是半盆子卤汁全都打翻到地上。公公笨拙地笑着。老妈很嫌弃地一边骂他，一边赶紧拿来抹布，一边擦洗，一边推他，你出去出去，哎呀！

公公哂哂地出来，跟我们一起吃。我和先生看了一眼，儿子还在学着奶奶的口气，说爷爷你真的是笨手笨脚……

等大家都吃完饭下桌了，她才从厨房里出来，扒几口。

桌上已经只剩她一个人。我坐过去,拿只鸭脚一边啃,一边陪她吃完。然后把碗收拾了进去洗。她又把我身上的围裙抢了过去,说:我来洗。

我也不推辞了,因为每次洗过后她还得再清理一遍。

后来我明白,厨房大概是她的领地,没有人打扰更好,该做什么更有条理。也不再去打扰她了,就老老实实地坐在灶前的小板凳上,看她忙活,听她念叨念叨。灶膛里尚未完全熄灭的木柴已经都成了红炭,微弱的火星烘得整个灶台暖融融的。这是家里我最爱的位置,又舒服,又暖和。

头疼的年夜饭

车子开进小院,婆婆照样在水池边洗东西。我不用看也知道,鸭子。刚杀的鸭子。家养的番鸭,一只十几斤。她一边洗,一边念叨,城关一斤卖十四块了。然后手抓起来几块给我看,一斤,这么点,十几块,好贵!

这就是我们每年年夜饭的主角了。主食:草根炖鸭汤。煮粉干,加上自家种的槟榔芋头,切片煮到汤里。大姐一家有来呢,会炒上一大盘白粿,就是年糕。然后是卤鸡翅鸭翅、猪脚摆满一桌……多少年没变过。

每年回到永泰乡下过年,对年夜饭已经放弃了追求。交由婆婆去安排吧,我们有啥吃啥,乐得轻松。

公公婆婆二十世纪四十年代生人,幼时物质的匮乏就不用说了,那是所有上了点年纪的中国人共有的记忆。福州永泰属于丘陵地带,乡下更是山多田少,粮食都要靠买。九十年代,公公婆婆还领着一家子开荒山种青梅柑橘,卖了钱买粮食。所以真正能吃饱饭，不为粮食发愁，恐怕也就是近十几年的事。于是多年的饮食习惯还保留着对于食物的渴望和珍惜，到了过年就要报复性地储存大量的食物，并且都是肉食。村子里随便去哪家串门，掀开桌上的罩子，大碗小碗，堆的都是肉，永远都吃不完的肉：猪脚、鸭肉、羊肉……但每餐真正吃就一点点，造成很大的心理负担。我在想今年应该有点改变了吧。

但回到老家一掀开锅盖，一打开冰箱，还是老三样。鸭肉鸡肉猪脚，盆满钵满，堆得跟小山似的。然后鸭肉汤、猪脚汤、炒白粿……几十年不变的年夜饭啊，尽管已经做好了心理准备，但内心仍然免不了撇下嘴巴。

还是自力更生，"找吃"求诸野吧。拎上篮子，换了拖鞋去地里转悠一圈，看看婆婆地里种了些啥。

屋后就是成片的青梅地，在大片大片青梅地的边边角角，婆婆不嫌麻烦，利用起来开垦成了菜地，种上青菜蒜苗什么的。我其实也分不清哪些是我们家的，哪些是邻居家的，但村子里就这么几户人家，不是近亲就是近邻，都关上门去城里过年去了，薅错了也没事儿。

菜地也不大，一垄挨着一垄。卷心菜、白菜、芥菜、花菜，都可以吃了。菜心刚刚冒出来，微微的清苦，摘回家掐成小段儿，柴火大灶把锅烧到滚烫，茶油烧热，几节干辣椒滋滋冒烟时下锅，大火翻炒几下出锅，鲜绿生动，清脆爽口。还能闻到木柴透过铁锅传递的烟火香。

这完全属于我的家乡的味道，家乡的做法。以前读书时学校后门有很多小炒摊，就是一口锅架在废弃的油桶上，大火，猛炒，夫妇二人一个炒菜一个配菜，流水般默契。盐煎肉、回锅肉、豌豆苗炒猪肝，一人颠锅挥勺，一人在一旁打下手，娴熟，流畅，一气呵成，一锅菜几分钟立等可取，看得我满心敬佩。

然后又瞄上了婆婆地里种的豌豆苗。他们当然是为了结豌豆才种的，有的都已经开出紫色粉色的小花了。但在我的老家，青青的豌豆苗也是美味呀。我让先生小心问了一下婆婆，可不可以掐一些烫到汤里，眼馋得很。婆婆虽然不认为这东西能吃，但仍然同意，反正都是你们吃的。我心里那个乐呀，这异乡的年夜饭，因为这把豆苗，开始升起巨大的期盼。

小心翼翼地把豌豆苗洗净之后码在大碗里，婆婆已经炖好的猪脚汤正滚烫，一下子浇上去。这豌豆苗可娇嫩得紧，不用下锅煮，只要热汤烫熟，吸入油香，又还有青苗的清香，闻一下，得意得很。

有了这两道青菜，感觉心里便踏实了许多。加上我带回来的咸烧白，妥了。这咸烧白里面是甜糯米饭打底，铺上三弦肉，一整片切成书页状，中间夹入豆沙、橘红，然后蒸至软烂，倒扣到盘子里。这是甜口，也有夹梅干菜做咸烧白的。这是四川盆地年夜饭必不可少的一道硬菜。由此，还有酥肉、圆子汤、香肠、腊肉等等……《饮食男女》里面开场一段蒸菜、扣肉的做法是地道的四川菜做法。小时候最爱跟着大人去吃席，大大的场坝里摆上几十张桌子，一份礼金，大人小孩儿全上阵，吃上好几顿。这席上最压阵的，就是蒸菜。而咸烧白可说是重中之重。除此之外，小孩子最爱吃酥肉圆子汤，里面绿豆红豆煮得很软烂，一上桌就猛抢。

公公婆婆敬完"土地公、床头婆"的白肉，放在橱子里，经婆婆同意确认可以开启后，拿出来切成薄片，再吩咐先生去地里摘一把青蒜苗，豆瓣酱加一点，三下两下，大火翻炒，地道的回锅肉起锅了。大人小孩子闻到香味，都围到了桌前。

儿子大叫着，妈，你炒的什么呀？有辣椒？我不敢吃啊！我瞪他一眼，你不敢吃正好，我还怕你跟我抢呢！姐姐、姐夫都笑起来。于是一张桌子上，鸭肉汤、炒白粿、太平燕、卤鸭掌、白灼虾、水煮肉片、回锅肉、蒸烧白、炝青菜……福州菜、四川菜摆在一起。姐夫最给面子，筷子频频往回锅肉、水煮肉片里伸，一边不住地往嘴里灌雪碧，一边发出咝咝咝的声音，又大叫着川菜好吃。侄女儿也被他蛊惑着尝了一下，辣得大声叫唤。

我夹了一片回锅肉放进婆婆碗里，她来不及推辞，只能勉为其难配着米饭吃下去，觉得还不错，过了一会儿，又自己夹了一片，用福州话说，雅香！有了这一句，看来这明年的年夜饭，可以改革得更加彻底了。

汤圆说

很久以前好友陈三就提醒我，把小朋友的童言童语记录下来，等哪天他长大了再回看，特别有趣。我那时没有当回事，觉得太小儿科，直到汤圆已经从小不点儿长成一坨"大白"（美国迪士尼动画《超能陆战队》中的机器人）的样子了，我去翻之前发在朋友圈的一些关于他的小段子，才觉得，有他陪伴着真是幸福的时光啊。

1
三月的清晨，拉着汤圆出去散步，他忽然停下来说：妈，我看到地上狗狗大便都长出了青苔，真是万物生光辉啊！

2
放学路上，汤圆说：妈，我们今晚出去吃吧！
——出去吃？家里菜多得要命，还出去吃！我大嚷道。

对，家里菜，要命……汤圆悠悠地说。

3
睡前汤圆忽然感慨道：妈，我终于明白为什么我这么蠢了，就是遗传你。

4
汤圆说：妈，我长得又帅，又爱学习，真的是一个不可多得的儿子啊！

5
汤圆说：妈，我发现我得了厌食症。

啊？！

——就是看到什么东西都很讨厌，非要把它吃掉才开心。

6
他爸一早起来边听耳机边唱，我爱你，我的家，我的家，我的天堂……

汤圆斜了一眼，悠悠地说，你再唱我报警啦。

7
七月的一天，汤圆醒来说梦见自己已经度过了漫长的暑假，去学校报名发现作业没带，校服没穿，直接吓醒了……emmm（网络流行语，是"额嗯……"的意思），彼时已经是早上十点。

8
汤圆拿了一个漂亮的笔记本在我面前"嘚瑟",说是今天托管班换积分(托管老师会根据孩子每天的表现来打分),这个是他用一个月所有的积分换的。我正想着他难道会记得过两天是我生日吗?谁知他说下周是同桌的生日……同桌生日……

9
有一阵子央视播《人民的名义》,汤圆也跟着我在那儿看。晚上去公园,路过一小河沟,汤圆忽然说,汉东的水好深呐……

10
帮他检查作业,汤圆用手来按我的眼角,说:妈,改作业的时候别老皱眉头,很容易老。来,嘴巴往上翘,微微一笑很倾城哦!

11
收到汤圆外婆从老家四川寄来的苕丝糖(四川特产,一种地瓜熬成的软糖),忍不住跟汤圆讲起,我小时候背一大篓地瓜到收购站卖了,才够买这么一小块糖,可稀罕了,半天都舍不得吃。汤圆说,妈,难过的事就不要去想了,多想想现在开心的事吧!

12

开完家长会，到家又冷又困，直接缩在床上，汤圆居然给我端来热水洗脸泡脚。忍着笑问他，你是看了那个广告吗？他淡淡地说，没有啊，就是无聊。

然后说，妈，我以后准备当个洗脚店的老板，这样会交到很多好朋友。

13

跟汤圆散步，看到路边停着的车，他就朝着车窗做鬼脸，自己在那边傻乐呢。突然车窗摇下，里面坐起来一个人，原来人家正躺着在玩手机。汤圆淡定地说，打搅了，叔叔。

14

学期结束了，拿完成绩单，汤圆从书包里翻出一封数学老师写的表扬信。为娘大喜，汤圆说：老师给我表扬信不是因为我数学真的有多厉害，而是被老师批评的时候，我从来没在背后瞪过她……

15

超市回来的路上，汤圆看了一眼路边的小狗狗，深思熟虑地说，妈妈，等我可以养自己了，我就养一只小狗。

16
翻看他的考卷,气到了,问汤圆,你怎么会把讲话的"讲"字写成"口"旁?汤圆慢吞吞地答道,我哪知道啊,这个世界什么事都有可能发生。你不是都说了,生活就像一盒巧克力,没有打开之前你也不知道他是什么口味的……

17
汤圆问老妈:是不是二十岁就可以去谈恋爱?
我说是,为啥问这个?
因为我幼儿园时就喜欢一个女生……

18
汤圆同学今天考试,这可是人家人生中第一次期末考,老妈,老爸,还有外婆一个个比他还紧张,送他出门的时候各种叮嘱,各种交代。人家汤圆淡定得很,说:妈,你放心吧,我肯定不会考最后一名的,我们班比我差的有好几个呢。

19
晚上给汤圆洗澡,掏出他裤兜里好几片红色的树叶,我说你干吗呢?他说,我路上捡的,漂不漂亮,妈妈?

20
看人家小朋友周末都在学书法,学绘画,学小提琴,我说汤圆咱也去学点啥吧?汤圆想了想说,我知道了,我去店里跟那个叔叔学做千层饼!

21

课堂上老师让小朋友们默写拼音表,汤圆举手。

老师问:怎么啦?

肚子疼,我要拉大便。

老师说:你下课怎么不拉?

汤圆说:没纸……

22

神奇的汤圆开学以来几乎每天都丢东西,书法本两本,校徽两个,水壶一个,橡皮、铅笔若干……这也锻炼了他超强的心理素质,面对老妈的狮子吼面不改色。后来想想,我上一年级的时候好像有半学期是跟同桌共用一本数学书,因为,因为——我把数学书弄丢了。

23

买了一个甜筒,汤圆一边走一边吃,仰起头说,妈妈,吃冰激凌好像做美梦啊!

24

看我歪在沙发上看了半天的手机,汤圆很不屑地把他的游戏机丢给我,说:妈,别一直看手机,眼睛看坏掉!

25

汤圆说,妈,我有一个同学很恶(三声)……

咋啦?

我只不过赢了一局陀螺比赛嘛,他就跑过来亲我!

26

汤圆和妈妈都喜欢窝在床上看书,玩游戏,吃东西……不一样的是汤圆常常被骂,当然是妈妈先起来的时候。

27

晚饭后汤圆教外婆下跳棋,耐心细致,循循善诱。

想想自己教他做数学题的时候恶声恶气、着急上火的样子……默默忏悔三秒。

28

汤圆说,今天我们老师教了一首歌:"只要妈妈露笑脸,全家喜洋洋……"但是我觉得应该是,"只要妈妈一生气,全家倒大霉……"

29

汤圆从幼儿园放学回来,问我:妈妈,什么叫必死无疑?

我说,干吗问这个,你听谁这样说?

我老师啊,他说,如果我们不把碗里的肥肉吃掉,就必死无疑……

30
汤圆晚上作业没完成,还在那边发脾气,被我罚站二十分钟。

听他偷偷对着墙壁说:你知道吗?我妈妈是世界上最凶的女孩……

31
正在写字的汤圆扭头对我说:妈妈,我觉得"七"就是一个滑滑梯,加一个跷跷板。

32
晚上临睡前,汤圆很感慨地说:妈妈,我发现我好多天没有挨骂了,早上也没有,晚上也没有。

33
小伙伴来家里玩,看到书架上的合照,问这照片上是谁?
汤圆说,我爸和我妈呀。
小伙伴说,我觉得不像呢。
汤圆说,这是他们结婚的时候,那时候年轻,现在变老了。
变老了……老了……

34
汤圆说:妈妈,你们大人长大了还会哭吗?
我说会呀。

他问，那什么时候会哭？

我说，伤心了啊，感动啊，难受啊，什么的。

他说，那我们小孩子还不是一样。

35

晚上散步路过那家玩具店，汤圆说：妈妈，你今天帮我买玩具我就乖乖吃饭，还可以帮你扫地，洗碗，还可以喂你吃饭。妈妈你帮我买吧，我很想要，你难道不觉得我可怜吗？我答应了一个哥哥，今天要和他比赛新玩具，你如果不买我就说话不算数了，他会说我撒谎的……

36

汤圆说，全世界的妈妈都是啰唆鬼。

37

为了跟隔壁小朋友玩游戏，汤圆神速地完成了今天的算术并自己提醒自己：汤圆小朋友，把笔和本子收好哦！嗯，知道了！——还不忘自答。

38

汤圆说，我有个同学的爸爸很胆小，他看见树叶落下来就跑……

39

汤圆问我：妈，精灵有几条命？人类世界有没有超人？"莉莉加工厂"是干吗的？

我茫然不知，只能说我不知道。

他一一给出答案，然后说，我知道你不知道，就是想考考你！

40

汤圆说，妈，你叫老爸别抽烟，伤身体，你怎么不叫我别做作业啊，做作业也伤身体。

41

汤圆打电话说：妈，我期中考卷发了，数学考得不好，才八十几。语文考得很好，进了前五。我说：那我应该高兴还是伤心呢？他说：我觉得两两抵消，你还是继续平常地过日子吧。

42

汤圆凑过来，说：我要当一只可爱的小鸟，还很依人。

43

汤圆说：在学校也要做作业，睡午觉；在家里也要做作业，睡午觉……我不想过这样的生活！

44

汤圆说：妈妈，我是从你的肚子里生出来的吗？我说是啊。汤圆说：好想看看邱××是怎么被他妈妈生出来的啊，他那么胖。

45

暑假开学第一天，汤圆指了指胸口，说，这里压了一块石头。

过一会儿又笑了，说，开心的是，同桌也和我一样的心情。

以上是小汤圆从幼儿园到一二年级时的语录。我发现越大以后他越少说出这样天真的话了。童年总是会消失。汤圆现在已经六年级，不得不过上做作业、睡午觉、上补习班的沉闷生活，尽管他不喜欢，我也不喜欢。现在如果再去看当时的这些话，也会觉得好笑。这"好笑"也就意味着童年即将消失了。这是一条我们都在走的路，我们都不能左右时间，对吗？如果一块晶莹剔透的石头最终会变成一块坚硬的磐石，那也是他拥有力量的时候。只希望我无意间记录下来的这些只言片语，能帮助汤圆找到更大的勇气，去面对"成长"这件事。